배드 엔딩이 어때서?

배드 엔딩이 어때서?

운명·주체성·자유·사랑의 서사론

전철희 지음

서문
우리는 왜 배드 앤딩을 보는가?

해피 엔딩을 싫어하는 사람은 없다. 고난을 극복한 영웅이 승리하는 모습은 즐거움과 교훈을 선사한다. 〈흥부전〉이나 〈금도끼 은도끼〉를 처음 접한 어린이들은 대부분 선량한 주인공의 행복을 바란다. 이 동화들의 권선징악 결말은 그들에게 대리만족의 기쁨을 주고 또한 "착하게 살면 복을 받는다"라는 정석적인 교훈을 전달한다.

온갖 영웅들이 등장하는 할리우드 영화들 또한 마찬가지이다. 소설 원작 영화 〈해리포터〉의 주인공은 고아로 살다가 마법 학교 호그와트에서 좋은 친구들을 만나 성장한다. 해리포터를 응원하던 관객들은 최종보스 볼드모트가 패배하는 장면에서 극한의 희열을 느낀다. 불우한 환경에서 자라난 어린이는 이 영화를 보면서 "나처럼 가난한 집에서 힘들게 자란 아이도 해리포터처럼 열심히 살면 세상에 공헌하는 존재가 될 수 있겠구나!"라는 교훈을 얻을 수 있다.

　현실에서 성공한 사람들의 서사 또한 좋은 각성제가 된다. 요즘 SNS에는 젊은 나이에 명품시계와 외제차를 구매하고 '경제적 자유'를 이뤘다는 '영 앤 리치(young and rich)'들의 사연이 넘쳐난다. 나는 그들의 이야기가 진실인지 의심스럽고, 인터넷으로 허세가 전염되는 세태는 우려스럽다. 허나 어쨌든 자수성가한 사람들의 성공담은 팔로워들에게 대리만족의 기쁨을 주고 열심히 살아야겠다는 동기를 부여해줄 수 있다.

　반면 배드 엔딩은 불쾌하고 교훈이 없다. 안데르센의 동화 〈성냥팔이 소녀〉를 생각해보라. 웬만한 사이코패스가 아니고서야 선량한 소녀의 죽음에서 쾌락을 느끼지 않으리라. 또한 이 동화에는 교훈이 없다. "흙수저는 성실해도 굶어 죽을 수 있다"라는 냉혹한 현실 진단을 교훈이라고 하지 않는다면 말이다.

다사다난했던 한국사를 돌아보면 불행하게 죽은 의인들이 적지 않다. 이화학당에서 3.1 운동을 주도하다가 구금된 유관순 열사가 대표적 사례이다. 일본 경찰은 그녀의 부모님을 죽였다. 그럼에도 유관순은 법정 투쟁을 이어갔고 그 결과 17세의 젊은 나이에 옥사했다.

해피 엔딩이 "착한 사람이 행복해지는 이야기"이고 배드 엔딩이 "착한 사람이 불행해지는 이야기"라면 유관순의 삶은 후자에 가깝다. 물론 유관순 자신은 독립을 위해 순사(殉死)하는 자신을 자랑스럽게 생각했을지 모른다. 광복 후 대한민국에서 "유관순 언니(누나)"가 애국심의 대명사가 됐다는 사실 또한 그녀에게 무한한 영광이 되었을 수 있다. 허나 사후의 명예는 불우한 삶을 보상하지 못한다.

유관순의 모교 이화학당은 여성 엘리트 양성소였다. 이 학교의 졸업생 중에서는 훗날 친일파가 되어 세태에 영합한 사람들도 있다. 대한민국은 친일 부역자 심판을 방기한 나라여서 그 중 몇몇은 해방 이후에도 부와 명예를 누렸다. 호의호식이 행복의 척도라고 한다면 유관순보다는 친일파들이 행복했던 셈이다.

이 대목에서 당신은 친일 청산에 소극적이었던 대한민국 초대정부를 개탄할지도 모르겠다. 온당한 분노이지만 그 문제는 넘어가자. 지나간 과거를 바꿀 방법은 없다. 이 때 우리가 던져야 할 질문은, 일제강점기 때 '불행'한 최후를 맞은 독립운동가와 '행복'한 친일파가 공존했다는 사실을 후대에 알려야 하냐는 것이다. 사람은 누구나 자신의 행복을 바란다. 친일파가 독립운동가보다 행복했다면 전자를 본받아야 한다는 것이 '합리적'인 결론이다. 물론 유관순 열사처럼 정의를 위해 목숨까지 희생하겠다는 사람이 있다면 마땅히 존경을 받아야 한다. 하지만 솔직히 그런 사람이 얼마나 있겠는가.

미리 밝혀두자면 나는 유관순을 비롯한 독립운동가(와 친일파)에 대한 역사 교육을 중단하라고 요구할 생각이 없다. 대한민국에서 독립운동가에 대한 추모와 교육이 필요하다는 것은 거의 모든 국민이 동의할 '상식'이다. 상식에 대한 증명은 불필요하다. 하지만 굳이 따질 필요가 없는 문제를 정색하고 분석하는 것이 인문학의 역할이다. 이 책에서 나는 한 명의 인문학자로서 '상식'을 심문해보려 한다.

지금껏 인류가 남긴 서사(예술과 역사) 중 절반 정도는 배드 엔딩이다. 해피 엔딩인 작품의 등장인물들도 역경과 수난에서 자유롭지는 못했다. 마냥 행복한 사람은 서사 작품의 주인공이 될 자격이 없다. 명문대를 졸업하고 엄청난 돈을 번 후 화목한 가정을 이뤄서 승승장구한 사람의 이야기는 무미건조할 것이다. 갈등과 고뇌는 등장인물의 필수요건이다. 그래서 지금껏 작가들은 불행한 인물들의 창조에 진력했고, 사상가들은 배드 엔딩에 관한 논평을 정초해왔다. 이 책의 목표는 그 중 일부를 소개하고 해석을 덧붙이는 것이다.

이 책은 8개의 챕터(chapter)로 나눠진다. 각각의 챕터는 다양한 장르의 예술(희곡, 소설, 시, 영화)에 대한 논평을 포함한다. 1-2챕터는 운명, 3-6챕터는 타자와 자유, 7챕터는 부조리와 사랑의 문제를 다루고, 8챕터는 이 책 전체의 내용을 정리하는 구성이다. 6챕터 7챕터 사이에는 논점을 환기하는 막간(intermission)이 삽입되어 있다.

대중 교양서는 광활한 주제를 범박하게 다루면서 저자의 주관적 의견을 무차별적으로 살포하는 뻔뻔함을 겸비해야 한다. 적어도 이 책의 필자는 그렇게 생각한다. 그러니까 대중 교양서를 자처하는 이 책은 모든 작품과 사상가를 충실히 개괄하지 못했을 확률이 농후하다. 하지만 유튜브와 나무위키에 범람하는 상식적 이야기를 나열한다든가 현학적인 학문용어로 기만을 하지는 않으려 노력했다. 그래도 부족한 부분이 있다면 독자들의 질정을 바랄 뿐이다.

현재 한국의 출판시장에서 괜찮은 문학 개론서는 드물다. 뛰어난 역량의 문학 전공자와 평론가들이 넘쳐나지만, 그들조차 대중적 교양서를 내지는 못하게끔 강요하는 사회적 여건이 존재하기 때문일 것이다. 나는 근성과 낭만을 중요시하는 사람이라서 누군가 그런 현실을 깨주기를 바랐지만 기약이 없어서 직접 책을 쓰게 됐다. 과욕만 넘치는 책을 출판해주신 김정동 대표님께 감사의 마음을 전한다. 남들이 안 하는 미친 짓을 벌이려는 사람이 있다면 그를 추동하는 힘은 틀림없이 사랑일 것이다. 내가 사랑했던, 혹은 사랑하는 이들에게 이 책을 바친다.

2025년 4월

전철희

차례

CHAPTER 1

운명을 믿어야 할까?

지혜는 그 어떤 재산보다 더 중요하다.

소포클레스 「오이디푸스 왕」

운명을 수용해야 한다는 「오이디푸스 왕」의 주제는 고대 그리스에서 유효했을지언정 오늘날의 독자들에게 공감을 불러일으키기는 어렵다. 정해진 운명은 없고 인간은 주체적 동물로서 자유롭게 살아갈 수 있다는 믿음이 널리 퍼져 있기 때문이다. 하지만 나는 지금이야말로 운명과 '하마르티아'를 인식해야 한다고 주장하겠다.

「오이디푸스 왕」[1] 톺아보기

고대 그리스에서는 매년 시민들을 모아놓고 역사와 신화를 배경으로 삼은 비극 공연이 열렸다. 소포클레스(Sophocles)는 그 시대의 대표적인 극작가였고 「오이디푸스 왕(Oedipus Rex)」은 그의 최고 히트작이다. 이 작품은 그리

---

1   소포클레스, 천병희 역, 「오이디푸스 왕」, 『소포클레스 비극 전집』, 도서출판 숲, 2008.

스로마신화의 오이디푸스 설화를 원전으로 한다. 먼저 신화의 내용을 요약해보자.

테베의 왕 라이오스와 왕비 요카스타 사이에서 아들 오이디푸스가 태어났다. 얼마 후 델포이의 신전에서는 오이디푸스가 아버지를 살인하고 어머니와 동침하리라는 예언이 내려왔다. 겁 먹은 라이오스는 양치기에게 아들을 죽이라고 명했다. 양치기는 차마 그럴 수 없어 아이를 몰래 코린토스로 보냈다. 오이디푸스는 코린토스에서 왕의 양자로 자랐다. 그는 자신이 입양되었다는 사실을 모른 채 아버지를 죽이고 어머니와 동침하게 되리라는 예언을 들었다. 그래서 부모(라고 착각했던 양부모, 즉 코린토스의 왕과 왕비)에게 해를 끼치지 않으려고 가출을 감행했다.

이때 테베에서는 스핑크스가 "아침에는 발이 4개, 점심에는 2개, 저녁에는 3개인 생물"을 묻고 답하지 못한 행인을 잡아먹고 있었다. 나라는 위기에 처했고 라이오스는 왕의 신분을 숨긴 채 시찰을 하다가 오이디푸스와 시비가 붙었다. 오이디푸스는 상대방이 자신의 친아버지이자 국왕임을 모른 채 살인을 저질렀다. 이후 그는 스핑크스의 수수께끼를 풀고 테베를 구한다. 마침 선왕 라이오스가 사라졌기에 오이디푸스는 새로운 왕으로 추대되고 왕비였던 요카스타와 결혼한다.

예언이 실현된 후 테베에는 역병이 유행했다. 신전에서는 선왕 라이오스의 살해범을 나라에서 추방해야 재앙이 끝나리라는 신탁이 내려왔다. 오이디푸스는 범인을 찾기 위한 수사에 착수했다. 조사가 진행되고 증언이 모일수록 오이디푸스 자신이 범인이라는 사실이 드러난다. 모든 진상이 밝혀지자 그는 자신의 눈을 찌르고 스스로 테베에서 추방된다.

이상의 내용은 신화 전체의 이야기이고, 소포클레스의「오이디푸스 왕」은 오이디푸스가 테베의 왕으로 즉위한 이후부터 파멸에 이르기까지의 과정만 담고 있다. 소포클레스는 그리스에서 널리 알려진 오이디푸스의 설화 중 가장 극적인 부분만 떼어 비극으로 개작한 것이었다.

「오이디푸스 왕」은 역사상 가장 유명한 서사 작품 중 하나이다. 많은 이들이 해당 작품에 대한 논평과 주석을 남겼다. 특히 프로이트(Sigmund Freud)가 제시한 개념 "오이디푸스

콤플렉스"(Oedipus complex)는 지금도 인문학계에서 인기 있는 용어이다. 관심 있는 독자는 찾아보시길 권한다.

플라톤의 반-비극론

나는 서론에서 배드 엔딩이 불쾌하고 교훈이 없다고 지적했다. 고백건대 이 논리는 고대 철학자 플라톤(Plato)의 예술론을 단순화시켜 요약한 것이다. 플라톤은 좋은 인간과 이상적인 국가를 만들 방안에 대해 궁구했다. 그의 결론인즉 시민들은 정의, 지혜, 용기, 절제(이를 플라톤은 '4주덕'이라고 불렀다)를 겸비하고, 국가 또한 이 미덕들을 바탕으로 통치되어야 한다는 것이었다. 좋은 국가를 만들려면 시민들에게 정의, 지혜, 용기, 절제의 미덕을 심어줘야 했다. 이때 법과 제도는 도움이 되지 않는다. 법은 좋은 사람을 만들기 위한 당근이 아니라 나쁜 행동을 벌하기 위한 채찍에 불과하다. 반면 예술은 도덕심을 함양시키는 창구로 유용하다. 권선징악의 전래동화나 우화는 독자를 착하게 만들어준다. 순수한 어린이들은 〈흥부전〉이라든가 〈토끼와 거북이〉로부터 선량함과 성실함의 미덕을 체득할 수 있다.

한편 고대 그리스에서는 영웅의 행적을 다룬 '서사시'(epic) 장르가 있었다. 서사시는 출중한 영웅이 수난과 역경을 이겨내고 세계를 구원한다는 줄거리이니, 작금의 디즈니 애니메이션이라든가 소설 『해리포터』 같은 이야기였다고 생각해도 무방하다. 플라톤은 서사시의 독자들이 영웅을 동경하고 본받게 되리라고 기대했다.

문제는 서정시와 비극이다. 서정시는 고독한 인간의 서글픈 신세 한탄에 가까운 것이라서 도덕적 교훈을 주지 못하고 우울한 비관주의를 확산시킬 위험이 농후했다. 비극(tragedy)은 교훈을 전달하기는커녕 잘못된 가치관을 주입한다는 점에서 서정시보다도 유해한 장르였다. 「오이디푸스 왕」을 생각해보라. 주인공 오이디푸스는 능력과 도덕성을 겸비한 '영웅'이다. 앞서 언급했듯 플라톤은 정의, 지혜, 용기, 절제의 미덕을 중시했다. 오이디푸스는 자신을 처벌하면서까지 왕의 책무를 완수했다는 점에서 정의롭고 스핑크스의 수수께끼를 풀 수 있을 만큼 지혜롭다. 용기와 절제심도 부족해 보이지 않는다. 독자들은 마땅히 그를 본받아야 한다. 만약 「오이디푸스 왕」의 주인공이 행복해졌다면 관객은 그를 동경했을 수 있다. 허나 오이디푸스는 운명에 의해 불행해졌다. 이 과정을 지켜본 관객들은 "오이디푸스처럼 위대한 사람도 운명 앞에서는 무력하구나. 나는 그냥 대충 되는대로 살아야겠다"라고 생각하며 체념에 빠질 위험성이 있다. 플라톤은 이렇게 해악적인 반응을 이끌어낼 장르를 용납하지 못했다. 그는 비극 작가들을 국가에서 추방하자고까지 극언했다. 당시에는 비극을 쓰는 사람을 '시인'이라고 했기 때문에 플라톤의 예술론은 '시인 추방론'이라 불린다.

아리스토텔레스의 비극론

플라톤의 제자 중 한 명이었던 아리스토텔레스(Aristotle)는 비극의 옹호자였고 비극에 대한 이론서 『시학(The Poetics)』을 집필했다. 이 책은 스승의 주장에 대한 반박을 포함하지 않는다. 하지만 그 속의 논리를 따라가다 보면 저자가 비극을 변호한 이유를 알 수 있다.

배드 엔딩이 어때서?

아리스토텔레스에 따르면 비극은 연민(eleos, pity)과 두려움(phobos, fear)을 재현함으로써 독자에게 카타르시스(catharsis)를 주는 장르이다. 연민은 부당한 불행을 경험한 인물이 만들어내는 감정이고, 두려움은 독자가 자신과 비슷한 인물의 불행으로부터 느끼는 감정이다. 후자에 대해서는 부언이 필요하겠다. 인간은 남의 불행이 자신에게 닥칠 수 있다고 걱정할 때에만 두려움을 경험한다. 봉준호 감독의 영화 〈기생충〉에서 반지하 사람들은 비 오는 날 끔찍한 침수 피해를 겪는다. 반지하 주민은 그 장면에서 두려움을 느끼겠지만 신축 아파트 입주민은 남 일로만 볼 것이다.

비극이 연민과 두려움을 자아내려면, 악덕과 악행을 쌓지 않은 평범한 주인공이 과오(過誤)로 인해 불행해진다는 플롯을 가져야 한다. 아리스토텔레스가 "비극의 모든 요건을 갖춘 가장 짜임새 있는 드라마"라고 극찬했던 「오이디푸스 왕」은 당연히 그 기준에 부합할 터이다.

그런데 오이디푸스의 "과오"는 무엇일까? 쉽게 생각할 수 있는 답이 두 개 있다.

첫째, 오이디푸스의 폐륜이 '과오'라는 가설. 허나 이 가설은 별로 설득력이 없다. 오이디푸스의 부친살해와 근친상간은 자발적 행위가 아니라 예언이 실현된 결과였기 때문에 책임을 묻기 힘들다.

좀 더 설득력 있는 두 번째 가설은, 오이디푸스가 길거리에서 라이오스와 수행원들을 살해한 행위가 과오였다는 것이다. 엄밀히 따지면 오이디푸스의 살인은 우발적 과실치사나 정당방위에 가까웠을 수 있다. 하지만 법적인 정상참작의 여지가 있다고 해도 사람을 3명이나 죽인 것은 평생 반성해야 할 죄악이다. 적어도 지금의 관점으로 보자면 그렇다. 허나 아리스토텔레스가 지적한 과오는 이것도 아니었다.[2]

논점을 분명히 하려면 '과오'가 희랍어 하마르티아(hamartia)의 번역어임을 지적해둘 필요가 있겠다. 하마르티아는 인간의 태생적 한계를 일컫는 라틴어이다. 모든 존재는 약점을

---

2 어쩌면 고대 그리스에서는 저잣거리의 시비로부터 비롯된 살인은 대수롭지 않게 여기는 문화가 아니었을까? 아니면 신화 속 인물이니까 살인 정도는 너그럽게 봐준 것일까? 나도 이유는 잘 모르겠다.

갖는다. 유리컵은 충격을 맞닥뜨릴 때 깨진다는 단점이 있고, 과일은 상온에서 금방 썩는다는 한계가 있다. 인간이라는 종(種)도 약점에서 자유로울 수 없다. 높은 곳에서 추락하면 부상을 당하고 물에 빠지면 호흡이 곤란해진다. 유능한 사람도 전염병과 기상재해 앞에서는 무력하다. '하마르티아'는 이런 약점들을 포괄하는 개념이다. 좀 더 고상한 철학적 용어를 선호하는 독자들은 인간의 "실존적 유한성"[3]이라고 이해해도 좋겠다.

고대 그리스로마신화에서는 신들이 삼라만상을 지배한다. 신화에 따르면 큐피트(Cupid)의 화살을 맞은 사람은 무조건 사랑에 빠진다. 또한 그리스인들은 누군가가 아름다운 외모를 타고났다면 아프로디테(Aphrodite)의 손길 덕택이고, 전쟁과 죽음은 아레스(Ares)와 하데스(Hades)의 농락 때문이며, 바다의 폭풍은 포세이돈(Poseidon)의 분노가 발현된 결과라고 생각했을 수 있다. 이 신화가 통용됐던 시기에는 인

---

3   김인숙, 「아리스토텔레스의 『시학』에 나타난 '하마르티아'에 대한 연구」, 『문화산업연구』 17권, 문화산업연구, 2017.

간이 운명(신의 뜻)에 따라야 한다는 관념이 존재했던 듯하다.[4] '하마르티아'는 이성과 능력으로 극복할 수 없는 '운명'이 존재하며 인간은 '신의 뜻'에 순종해야 한다는 세계관에 상응한다.[5]

그렇다면 다시 묻자. 오이디푸스의 과오는 무엇인가? 그가 코린토스에서 예언을 듣고 패륜아가 되지 않기 위해 감행한 가출이다. 인간이라면 벗어날 수 없는 운명이 있거늘 무엄하게 거역하려 들다니! 불경한 행위에는 처벌이 따르는 법이다. 역설적인 말이지만, 오이디푸스가 코린토스에 남았다

---

4 다른 나라들에서도 인간이 하늘의 뜻을 따라야 한다는 생각은 널리 퍼져 있었다. 고대 시대에 영향력 있던 토속신앙들은 대부분 초월적 존재에게 경배하는 의식을 포함한다. 예컨대 한반도에 살던 고대인들은 가뭄이 생길 때 기상환경을 조율하는 용신(龍神)에게 비를 내려주라고 부탁하는 기우제를 했다.

5 영어에서 하마르티아는 결점/단점을 뜻하는 "flaw" 내지는 "defect"로 번역되고, 한국에서는 "과오"가 아닌 "결점"으로 번역될 때도 있다. 그나마 "결점"이 "과오"보다는 적절한 번역어로 생각되지만, 이 또한 '하마르티아'의 의미를 충실하게 담아내지는 못한다. 언어는 사회를 반영하는 창구이다. 고대 그리스어에서는 인간의 한계에 대한 인식이 투철했으니 그것을 지칭할 용어가 있었던 반면, 지금은 한국과 영미권을 비롯한 지역에서 그런 인식을 가질 일이 없으니 적확한 번역어가 나오지 않는 것일지도 모르겠다.

면 아버지를 죽이고 어머니와 결혼하는 재앙을 피할 수 있었을 것이다.

상기했듯 아리스토텔레스는 비극이 연민과 두려움을 자아내야 한다고 주장했다. 오이디푸스의 억울한 처지는 관객들의 연민을 불러일으키기에 부족함이 없었다. 그리고 뛰어난 영웅이었던 오이디푸스조차 운명을 거역하지 못했다는 사실은, 운명의 희생양으로 전락할 수 있는 모든 인간에게 두려움을 안겨줄 만한 것이었다. 비극이 연민과 두려움을 통해 '하마르티아'를 자각하게 만든다는 아리스토텔레스의 평가는 작가 소포클레스의 집필 의도에도 부합했다. 「오이디푸스 왕」의 에필로그에서는 인간이 운명을 벗어날 수 없다는 코러스가 웅장하게 반복된다.

운명을 사랑하라고?

운명을 수용해야 한다는 「오이디푸스 왕」의 주제는 고대 그리스에서 유효했을지언정 오늘날의 독자들에게 공감을 불러일으킬 만한 것이 아니다. 정해진 운명은 없고 인간은 주체적 동물로서 자유롭게 살아가야 한다는 믿음이 널리 퍼져 있다. 하지만 나는 지금이야말로 운명과 '하마르티아'를 인식해야 한다고 주장하겠다. 이는 참신한 논점이 아니다. 현대인도 운명을 인식해야 한다고 역설한 몇몇 선구적 사상가가 있다. 가장 유명한 사례는 19세기 독일의 철학자 니체(Friedrich Nietzsche)이다. 그는 '운명을 받아들이라'라는 뜻의 라틴어 "아모르 파티(Amor fati)"를 슬로건으로 내세웠다. "아모르"는 사랑을 뜻하고 "파티(fati)"는 운명을 뜻하는 영단어 페이트(Fate)와 닮은꼴이니, "아모르 파티"는 '운명에 대한 사랑' 내지는 운명애(運命愛)로 번역된다.

한국에서 이 경구는 가수 김연자가 2013년에 발표한 노래 〈아모르 파티〉를 통해 유명해졌다. 해당 노래는 다음과 같은 가사로 시작된다. "산다는 게 다 그런거지/누구나 빈손으로 와/소설 같은 한 편의 얘기들을/세상에 뿌리며 살지/자신에게 실망하지 마/모든 걸 잘할 순 없어" 인간의 의지와 노력으로 극복할 수 없는 일들이 많으니 어쭙잖게 미래를 걱정하기보다는 현재를 즐기라는 조언으로 읽히는 구절이다.

니체와 김연자가 많은 사람에게 공감을 줬다는 사실은 여전히 '운명'을 이야기할 가치가 있음을 암시한다. 안타깝게도 이 책은 니체의 철학과 김연자의 노래를 분석할 여력이 없다. 다음 챕터에서 나는 자본주의 근대의 태동기에 발표된 비극들을 주마간산으로 살펴보고 현대사회와 '운명'에 관한 논의를 이어가겠다.

CHAPTER 2

더 이상 신에게는
책임을 물을 수 없다

원래 좋고 나쁜 것은 다 생각하기 나름이다.

셰익스피어의 4대 비극

오이디푸스는 하늘이 내려준 운명 때문에 모든 것을 잃었다. 그 점에서 이 작품은 "운명비극"이다. 반면 셰익스피어의 4대 비극은 성격적 결함으로 인한 파국을 보여준다는 점에서 "성격비극"으로 분류된다.

더 이상 신에게는 책임을 물을 수 없다

4대 비극 톺아보기

셰익스피어(William Shakespeare)의 4대 비극은 「리어 왕(King Lear)」, 「오셀로(The Tragedy of Othello)」, 「햄릿(The Tragedy of Hamlet)」, 「맥베스(The Tragedy of Macbeth)」이다. 이 작품들은 1599년부터 1606년까지 초연됐다. 네 작품의 제목은 주인공 이름과 동일하다. 비극의 주인공은 불행해지기 마련이다. 그들의 몰락 과정에 주목하며 줄거리를 간추리겠다.

첫째, 리어왕은 은퇴를 결심한 후 3명의 딸을 불러서 자신에 대한 사랑을 표현하라고 했다. 아부에 능한 첫째와 둘째는 아버지에 대한 자신들의 사랑을 과장하는데, 정직하고 성실한 셋째는 언니들의 말이 과장된 것이고 자신은 보통의 딸들만큼만 아버지를 사랑한다고 답했다. 불쾌해진 리어왕은 셋째를 쫓아낸다. 나라를 상속받은 첫째와 둘째는 아버지를 성의껏 모시지 않았다. 그 결과 수라장이 벌어지고 결국 리어왕과 세 딸은 전부 죽는다.

둘째, 오셀로는 무어인[6] 출신의 장군이다. 그는 많은 공을 세워서 부와 명예를 거머쥐고 귀족 출신의 백인 미녀 데스데모나와 결혼한다. 오셀로의 부하 이아고는 그녀가 바람을 피운다고 모함했다. 오셀로는 거짓말을 믿고 현숙한 아내를 죽인 후 진실이 밝혀지자 죄책감에 자결한다.

셋째, 햄릿은 덴마크의 왕자이다. 그의 아버지는 죽고 선왕의 동생이자 햄릿의 작은아버지인 클로디어스가 왕위를

---

6   Moors. 지금의 관점에서는 흑인으로 이해해도 무방하다.

물려받았다. 얼마 후 햄릿은 죽은 아버지의 유령을 만난다. 유령은 클로디어스가 자신을 죽였으니 아들로서 복수해달라고 요구한다. 햄릿은 그 말에 수긍하지만 머뭇거린다. 그가 망설이는 동안 주변의 몇몇 주변 사람이 죽는다. 최후의 순간 햄릿은 거의 떠밀리듯 복수에 성공하지만 자신도 목숨을 잃는다.

넷째, 맥베스는 스코틀랜드의 장군이다. 그는 훗날 왕이 되리라는 마녀들의 예언을 듣는다. 맥베스는 다소 주저하다가 반역을 감행하고 왕위에 오른다. 하지만 폭력은 또 다른 폭력을 부르는 법. 맥베스는 반란 과정에서 죽였던 친구의 아들에 의해 살해당한다.

셰익스피어의 희곡은 거의 모든 대사에서 시적인 격조와 통찰이 묻어나는 명작이고 그래서 여러모로 음미할 가치가 있다. 이 글은 셰익스피어의 작품이 「오이디푸스 왕」과 어떻게 다른지만 논의할 것인데, 기회가 된다면 독자 여러분의 일독을 권하고 싶다.

운명 VS 성격

오이디푸스는 걸출한 영웅이었지만 운명 때문에 몰락했다. 셰익스피어 비극의 주인공들도 현명하고 용감하며 고귀한 신분(직위)을 겸비한 영웅이다. 다만 그들은 운명이 아니라 성격적 결함으로 인해 파멸한다. 리어왕, 오셀로, 햄릿, 맥베스가 각각 어떤 문제를 가졌는지 정리해보자.

첫째, 리어왕의 경우. 누구나 나이를 먹으면 능력이 감퇴하고 외로움을 느낀다. 그런데 노회한 꼰대는 젊은 세대보다 큰 권력을 가지고 있다. 자신감을 상실한 채 권력만 지닌 늙은이는 젊은 세대에게 존경과 사랑을 확인받고 싶다는 욕망을 품을 수 있다. 기성세대가 만만한 젊은이에게 "너는 나를 존경(사랑)하지?"라든가 "나는 뛰어난 사람이지?" 같은 질문을 던지고서는 긍정적인 대답을 기대하는 모습은 추악하다. 하지만 세월은 사람을 약하게 만들고, 약해진 인간은 욕망을 자제할 판단력을 잃을 수 있다. 리어왕이 딸들에게 이상한 질문을 던지고 아부에 현혹된 것은 그런 욕망이 발현된 결과로 생각된다.

둘째, 오셀로는 무어인으로 무시와 차별을 받으며 살아왔다. 차별을 받아본 사람은 설움을 쉽게 떨치지 못한다. 그로서는 아름다운 백인 귀족 아내에 대한 자격지심이라든가 의처증을 표출하고 부당한 의심을 할 만한 심리적 기제가 있었다.

리어왕과 오셀로가 타인의 거짓말에 속아 넘어간 경우라면 햄릿과 맥베스의 문제는 조금 더 복잡하다. 햄릿은 복수를 위해, 맥베스는 자신의 야망을 위해 왕을 죽이기로 결심했다. 뚜렷한 목표를 설정한 사람이 택할 수 있는 두 가지 극단적 선택지가 존재한다. 목표를 위한 실천을 주저하거나, 혹은 목표에 매몰되어 다른 모든 것을 포기하고 행동으로 나아가거나. 햄릿은 전자를 택했고 맥베스는 후자였다.

햄릿은 아버지의 복수를 다짐하면서도 행동하지 못했다. 그럴 만한 이유는 있었다. 모든 인간은 자신의 책임과 의무를 거부하려는 기질이 있다. 좋아하던 일도 의무가 되면 회피하고 싶어진다. 게임을 좋아하던 사람도 프로게이머가 되면 게임이 지겨워지고, 문학을 사랑하던 작가도 등단 이후에는 마감을 두려워하게 된다. 애당초 인간은 서 있으면 앉고 싶고, 앉아 있으면 눕고 싶고, 누워 있으면 자고 싶고, 자고 있으면 죽고 싶…다고까지 단언은 못하겠지만, 아무튼 유기체로서의 존엄을 버리고 무기물로 퇴화하려는 충동을 지닌 생물이다.

사회적 의무를 벗어던지고 아무것도 하지 않으려는 사람을 정신과 의사들은 우울증(depression)이라고 진단한다. 그런데 정도의 차이는 있을지언정 모든 사람은 얼마간 우울증에 시달리는 셈이다. 매일 출근해야 하는 직장인은 기상 알람이 울릴 때마다 더 자고 싶다는 욕망을 느끼고 "까짓것 하루 지각/결근한다고 해서 큰일이나 나겠어?"라는 생각을 하게 된다. 심지어 누군가는 "이렇게 아침마다 출근하면서 힘겹게 살아가야 할까? 구질구질하게 회사를 다니느니 차라리 죽고 싶다" 같은 극단적 생각에 이를 수도 있다. 물론 웬만한 직장인은 침대를 벗어나 출근에 성공한다. 회사에서 잘리면 생활이 유지되지 않으리란 공포가 우울증을 집어삼키기 때문이다.

필부는 생존본능으로 우울증을 억누를 수 있지만, 햄릿에게 복수는 타율적 의무일 뿐 영달에 도움이 되지 않는 자살적 행동이다. 반역에 실패한다면 햄릿의 죽음은 확정적이다. 반면 복수에 성공한다고 해도 그가 얻을 이득은 거의 없다. 왕을 살해한 반란범은 처벌을 피하기 힘들다. 물론 햄릿이 클로어디스를 몰래 암살하고 다음 왕이 될 수는 있다. 하지만 클로디어스는 햄릿에게 왕위를 물려주겠다고 공언해왔으니, 햄릿으로서는 즉위식이 조금 앞당겨지는 것 이상의 이득은 아니다. 게다가 햄릿 입장에서는 (아무리 자신의 아버지를 죽인 원수라고 쳐도) 숙부였던 클로디어스를 죽인다면 평생 불쾌하고 찝찝한 트라우마가 남을 수 있다.

그런데 아버지의 유령은 주기적으로 햄릿에게 복수를 요구한다. 나는 이 유령을 이해하기 힘들다. 만약 내가 암살당했다면 자식한테 복수 따위는 생각하지 말고 남은 삶을 행복하게 살라고 조언할 텐데….

사회적 의무를 거부하려는 우울증이 인간의 보편적 특성임을 감안할 때, 자신을 불행하게 만들 임무를 부여받은 햄릿

이 주저하는 것은 자연스러운 일이다. 방황하던 햄릿은 마침
내 이런 독백을 내뱉는다.

있음이냐 없음이냐, 그것이 문제로다.

어느게 더 고귀한가. 난폭한 운명의

돌팔매와 화살을 맞는 건가, 아니면

무기 들고 고해와 대항하여 싸우다가

끝장을 내는 건가. 죽는 건-자는 것일지니,

잠 한번에 육신이 물려받은 가슴앓이와

수천 가지 타고난 갈등이 끝난다 말하면,

그건 간절히 바라야 할 결말이다.

죽는 건, 자는 것. 자는 건

꿈꾸는 것일지라도-아, 그게 걸림돌이다.

왜냐하면 죽음의 잠 속에서 무슨 꿈이,

우리가 이 삶의 뒤엉킴을 떨쳤을 때

찾아올지 생각하면, 우린 멈출 수밖에-

그게 바로 불행이 오래오래 살아남는 이유로다. (...)

단 한 자루 단검이면 자신을

청산할 수 있을진대. 누가 짐을 지고,

지겨운 한 세상을 투덜대며 땀흘릴까?[7]

"죽느냐 사느냐 그것이 문제로다(To be, or not to be, that is the question)"라는 도입부로 유명한 독백인데, 인용한 판본에서는 이 구절을 "있음이야 없음이냐"로 번역했다. 굳이 해당 판본을 인용한 까닭은 지금 가장 널리 읽히는 출판사의 책이기 때문이지 필자가 번역에 동의해서는 아님을 밝혀둔다.(무엇이 나은 번역인지에 대해서는 논란의 여지가 있겠으나, 개인적으로는 비장한 낭만성이 돋보이는 표현 "죽느냐 사느냐"를 선호한다.) 이 췌언을 붙인 이유는 "있음이냐 없음이냐"가 한국어 독자에게는 낯설고 요령부득인 비문이기 때문이다.

　여하튼 죽음과 삶(혹은 '없음'과 '있음')에 대한 고민으로 시작된 햄릿의 독백은 "난폭한 운명의 돌팔매와 화살을 맞"을지

---

7 윌리엄 셰익스피어, 최종철 역, 『햄릿』, 민음사, 1998, 94-95면.

더 이상 신에게는 책임을 물을 수 없다　　　　　　　　　　39

아니면 "무기 들고 고해와 대항하여 싸우다가 끝장"낼지의 양자택일로 귀결된다. 과연 아버지의 유령이 강요한 책무(클로디어스에 대한 복수)를 맞닥뜨린 햄릿으로서는 그 '운명'을 수용할지를 망설일 만한 상황이다. 어느 쪽도 만족스러운 해결책은 아니다. 그는 곧이어 "잠드는 것"과 "죽는 것"을 대안적 선택지로 고려한다. 햄릿의 입장에서는 아버지의 복수에 성공하든 실패하든 불행해질 수밖에 없는데, 이 진퇴양난의 상황에서 잠을 자면 잠시나마 현실의 고민은 잊힌다. 죽음은 영원한 잠이니 고통스러운 삶을 아예 말소시켜줄 것이다.

이런 생각에 다다랐음에도 햄릿은 자결하지 않는다. 천주교와 기독교에서는 자살한 사람이 지옥을 간다는 교리가 있다. 그가 죽지 않는 까닭은, 혹시나 하느님(하나님)이 존재한다면 사후세계에서 벌을 받으리라는 공포 때문이다. 이만큼 우유부단하고 유약한 인물이라면 자신의 목표를 이루지 못하는 편이 자연스러워 보인다.

햄릿이 우울증 때문에 머뭇거리다가 몰락한 타입이라면 맥베스는 정확히 반대의 경우이다. 맥베스는 마녀들에게 하사반은 '운명'을 실현하려 최선을 다했다. 적극적인 행동력은 약점이 아니다. 하지만 뭐든 지나치면 독이 된다. 맥베스는 지나치게 맹목적이었다. 그는 반역을 도모할 명분이 없었다. 왕이 신하들은 괴롭혔다거나 왕의 무능함이 나라를 혼탁하게 만들었다면 반란이 정당화됐겠지만, 맥베스는 그저 마녀들과 아내의 말을 듣고 살인과 혼란을 감수했다. 남의 말만 믿고 끔찍한 반란을 저지르다니!

그런데 본래 인간은 쉽게 무언가를 믿고 극단적 행동으로 도약할 수 있는 동물이다. 정치적/종교적 믿음으로 인해 벌어진 테러들을 생각해보라. 혹은 사이비 종교 신도들이 저지른 엽기적인 범죄들을 떠올려도 좋다. 이처럼 보편적으로 통용되지 않는 믿음에 입각하여 행동하는 이들을 심리학계에서는 정신병(psychosis) 환자로 분류한다. 그런데 이 규정에 따르면 모든 사람이 얼마간 정신병을 지닌 셈이다. "사회에서 보편적으로 통용되는 믿음"만을 받아들이며 살 수는 없다. 애당초 나는 보편타당한 믿음이 실재하는지도 의심스럽다. 물론 "지구는 둥글다"라든가 "1+1=2"처럼, 웬만한 사람들은 공감할 만한 명제들이 존재할 수는 있다.(사실 이 명제들에 대해서도 부정하는 사람들은 있다…) 그런데 "한국에서는 빚을 내서라도 신축 아파트를 사야지 돈을 벌 수 있다"라든가 "한국의 출산율은 쭉 떨어질 것이다" 같은 명제들은(혹은 이 명제에 대한 반박은) 한국 사회에서 "보편적으로 통용되는 믿음"이라고 할 수 있을까? 우리는 선거 때마다 한 사회의 구성원들 사이에서도 전혀 다른 생각이 병존함을 깨닫는다. 한국의 대통령 선거에서 당선된 사람들은 대부분 50% 이하의 표를 받았다. 그렇다면 "아무개 후보가 대통령에 당선되어야 한다"라고 생각하는 사람들은 전부 다 "사회에서 보편적으로 통용되는 믿음"을 받아들이지 못한 정신병자라는 말인가? 모든 사람이 각자 다른 주관에 따라 행동하는 정신병자라면, "나는 왕이 되어야 한다"라는 믿음 때문에 반란까지 감행한 맥베스를 유별나게 생각할 이유는 없다.[8]

정리하자. 4대 비극의 주인공들은 전부 자신들의 결점 때문에 몰락했다. 리어왕은 타인의 사랑을 확인하려는 욕심 때문에, 오셀로는 의처증에 가까운 열등감과 질투 때문에, 햄릿은 우울증 때문에, 맥베스는 정신병 때문에 죽음에 이르 렀다. 이것이 「오이디푸스 왕」과 구별되는 특징이다. 오이디 푸스는 하늘이 내려준 운명 때문에 모든 것을 잃었다. 그래 서 이 작품은 "운명비극"이다. 반면 셰익스피어의 4대 비극 은 성격적 결함[9]으로 인한 파국을 보여준다는 점에서 "성격 비극"으로 분류된다.

근대 비극의 특징

소포클레스의 운명비극과 셰익스피어의 성격비극이 가진 차이는 작가의 성향 차이로 환원되지 않는다. 문학은 사회를 반영한다. 둘은 전혀 다른 시대를 살았다. 서양에서는 5세기 이전까지를 고대(ancient period), 그때부터 15세기까지를 중 세(middle age), 그 이후는 근대(modern period)로 라고 부른

---

8   다른 한편 맥베스처럼 자신의 목숨보다도 중요하게 여긴 목표(cause)를 가지고 살 아가는 사람들은 '도착증자'(倒錯症者, pervert)로 분류되기도 한다.

9   이 책에서는 단순화시켜 설명했지만 4대 비극의 주인공들이 개인적 성향 때문에 몰락한다는 명제는 논쟁적이다. 이 문제를 가장 구체적으로 다룬 책은 『셰익스피 어 비극론』(A. C. 브래들리, 이대석 역, 한신문화사, 2002)으로 알려져 있다.

다. 「오이디푸스 왕」이 고대를 대표하는 문학작품이라면, 셰익스피어 비극은 근대화의 산물이다.

고대와 중세의 사람들은 초월적 존재가 세상만사를 지배한다고 믿었다. 고대에는 신화의 영향력이 컸고 중세 유럽에서는 천주교가 위세를 떨쳤다. 그 시절에는 "신의 뜻"을 따르라는 말이 타당해 보였을 것이다. 신분제 사회의 구성원은 출생과 동시에 '운명'이 결정된다. 이해를 돕기 위해 한반도의 사례를 생각해보자. 조선시대에 농민, 백정, 양반의 아들로 태어난 남성은 자신의 아버지와 거의 비슷한 삶을 살아야 했다. 여성은 어느 집안에서 태어나든 남편과 자식을 뒷바라지하는 '어머니'가 될 '운명'이었다.

유럽의 신분제는 14-15세기 무렵부터 흔들린다. 이때 자본주의는 확장됐고, 농노 출신의 부자(bourgeoisie)들은 귀족에 버금가는 권력을 얻었다. 흑사병은 사회 혼란을 야기하고 종교의 권위는 흔들렸다. 난세는 야망을 가진 영웅과 기회주의자를 양산하는 법이다. 곳곳에서 봉기, 내전, 반란, 전쟁, 암살이 벌어졌다.[10] 셰익스피어의 4대 비극은 불안정한 사회의 산물이다. 「오셀로」는 부하가 상관에게 거짓말을 통해 하극상을 저지른다는 이야기이고, 「리어왕」은 왕실 내부의 갈등과 전쟁을 다룬 작품이다. 햄릿과 맥베스는 왕을 시해하려는 반란범들이다. 신분제가 견고하고 왕권이 강력한 시대에는 이런 인물들의 이야기가 공감을 얻기 힘들다.

신분제가 흔들릴 때 유럽에서는 계몽주의자들이 등장했다. 그들은 종교의 멍에를 벗어던지자고 주창했다. 대부분의 사람이 "하느님을 섬기는 것은 당연한 일이다"라 믿으며 "높은 신분인 사람과 낮은 신분인 사람 사이에는 차별이 있어야 한다"고 생각하던 때였다. 계몽주의자들은 그런 관념이 귀족과 교회로부터 비롯된 기만임을 폭로하고 평등한 사회를 주창했다. 프랑스 혁명 등등의 사건을 통해 계몽주의의 이상은 어느 정도 실현됐다. 이제 누구든 자유롭게 살아가는 것처럼 보인다.

---

10 한국에도 유명한 저자 유발 하라리(Yuval Harari)의 책 『대담한 작전』(김승욱 역, 프시케의숲, 2023)은 그 당시 온갖 음모와 군사 작전들이 횡행했음을 보여준다.

인간이 자유로워야 한다는 믿음이 통용되는 현대사회에서 '운명'과 '신의 뜻'을 추종하는 사람은 드물다. 그래서 소포클레스의 「오이디푸스」처럼 운명을 부각하는 작품은 설득력을 잃었다. 셰익스피어 이후 많은 근대 작가들이 비극적 작품을 썼다. 그중 대부분은 운명이 아니라 개인의 성격, 사회적 조건, 우연적 사건 등으로부터 촉발된 불행을 다룬 것이다. 스탕달의 『적과 흑』, 토머스 하디의 『테스』, 플로베르의 『보바리 부인』, 에밀리 브론테의 『폭풍의 언덕』, 톨스토이의 『안나 카레니나』, 멜빌의 『모비 딕』 등등을 생각해보라. 그 속의 인물들은 하늘이 내려준 운명이 아닌 다른 이유 때문에 불행해진다.

운명에서 타자로

오늘날의 자유민주주의(자본주의)는 고대의 신분제보다 여러모로 우월하다. 하지만 과거의 사람들이 무지몽매하게 운명을 믿고 타율적으로 살았던 반면 현대인들은 자유롭다고 단언해서는 안 된다. 명시적인 신분제는 사라졌지만 지금도 재벌의 자식들은 평생 부자로 살게 될 '운명'을 타고난다. 극빈한 집안에서 태어난 천출은 대부분 가난을 벗어나지 못한다. 그래서 아직 실질적 신분제는 철폐되지 않았다고까지 말하는 사람도 있다.

하지만 이보다 중요한 것은, 현대인들의 삶이 그다지 자율적이지 않다는 사실이다. 분명 지금 대한민국의 청소년들은 대학에 진학할 것인지(그리고 진학한다면 어느 대학의 어떤 학과로 갈 것인지), 기술을 배워서 바로 취직할 것인지, 아니면 자영업자나 직업군인이 될 것인지 등등의 선택지 중 하나를 선택할 수 있다. 신분과 직업이 세습되던 조선시대와 비교하면 장족의 발전이다. 하지만 완벽하게 자유로운 진로선택이 가능할까? 아마 진로를 고민하는 청소년은 사회적 환경(경제적 상황/문화적 분위기/여론 등등)의 영향을 받고 많은 타인들(부모님, 선생님, 친구, 선후배, 연인, 동료, 연예인, 정치인, 유튜버 등등)의 참견에 노출될 것이다. 만약 그렇다면 이 청소년은 자유롭게 진로를 선택했다기보다는 사회적 분위기를 살피면서 타인의 조언 중 하나를 취사선택했다고 봐야 한다.

이런 상황을 설명하기 위해 철학자들은 주체(the subject)와 타자(the other)라는 용어를 쓴다. '주체'는 독자적 존재로 살아가는 "나"이고, '타자'는 주체에게 영향을 끼치는 외부 환경을 통칭하는 개념어이다. 가령 진로를 고민하는 고등학생의 입장으로 보자면, 자신을 둘러싼 사회의 정세와 주변의 타인들은 전부 '타자'에 속한다.

고대/중세 시대에는 '타자'의 뜻이 명확했다. 그때 농민의 아들로 태어난 사람은 "너는 농민이 되어야 한다"라는 타자의 말을 들으면서 자랐고 실제로 농민이 됐다. 반면 '자유로운 선택'을 보장받은 현대인은 진로를 선택할 때 다양한 타자들 사이에서 방황해야 한다. 가령 고등학생은 "이공계 대학으로 진학해야 취직이 잘된다"라든가 "대학을 진학하기보다는 공무원 시험을 보는 편이 낫다"라든가 "요즘 성공하려면 유튜버가 되어야 한다" 등등의 불확실한 조언 중 하나를 선택해야만 한다. 오이디푸스는 정해진 운명 때문에 맹인이 되어 세상을 떠돌아다니게 됐다는데, 현대인은 운명이 결정되지 않아서 방황할 '운명'을 부여받은 셈이다.

셰익스피어는 이 '운명'을 간파한 작가였다. 앞서 나는 4대 비극의 주인공들이 개인의 성격으로 말미암아 파국에 다다랐음을 지적했다. 이들에게는 다른 공통점도 있다. 그들의 불행은 '타자'의 언명으로부터 비롯됐다. 리어왕은 딸들의 거짓말을 믿고, 오셀로는 이아고의 거짓말을 신뢰했다. 햄릿은 유령의 말을 듣고, 맥베스는 마녀들의 말을 맹신했다. 만약 이들이 타인의 말을 무시했다면 참사를 피할 수 있었을지 모른다. 참고로 말해두자면, 셰익스피어의 유명한 로맨스 작품 「로미오와 줄리엣」도 언어로 빚어진 오해로 인해 죽는 커플의 이야기이다. 타자의 언설에 포위된 현대인들은 셰익스피어의 작품에서 연민과 두려움을 느낄 수밖에 없다.

CHAPTER 3

이 나라에서 망하지 않고
살아가는 법

그때에나 내번 우런 지금 큰 무사 됐지?

박완서 「엄마의 말뚝 1」

우리는 앞서 오이디푸스가 운명에 순응한 반면, 현대인은 얼마간 자유롭게 삶을 선택할 수 있다고 했다. 그런데 한국인이 망하지 않고 살아남으려면 부단한 노력을 해야만 한다. 좋은 직업을 구하기 위한 무한 경쟁에 시달리며 10대와 20대를 보내고 나면 30살 전후 쯤 대충 소득과 근무 환경 등등이 정해진다. 그 이후에는 자신의 수준에 맞춰서 남들과 비슷한 삶을 살게 된다. 이것이 한국인의 '운명'이라면, 진짜로 우리가 옛날 사람들보다 자유로워졌다고 할 수 있을까?

「엄마의 말뚝 1」[11] 톺아보기

박완서는 꾸준히 수작을 발표해온 작가로 후배 작가
와 연구자들의 존경을 받아 왔다. 그녀의 대표작 「엄마의 말
뚝」 3부작은 냉정한 인식과 따뜻한 애정을 겸비하고 있다. 이
글에서는 연작의 1편만 다루겠다.

「엄마의 말뚝 1」은 '엄마'에 대한 딸의 기억을 단출하게 묘

---

11 박완서, 「엄마의 말뚝 1」, 『엄마의 말뚝』, 세계사, 2012.

사한다. 작중 '엄마'는 자녀들의 교육을 위해 경기도 개풍(분단 이후 북한의 황해도에 속한다)에서 서울 사대문 안으로 이사한다. 그녀는 아들에게 출세를 종용하고 딸에게는 '신여성'이 되라고 닦달한다. 이 작품은 특별한 사건이 없이 서울에서 자식 교육에 매진하는 어머니를 모사하는 일에만 집중하고 있다.

비판과 헌사

나는 대학교와 대중도서관에서 「엄마의 말뚝 1」을 강의한 경험이 있다. 두 곳의 청중은 사뭇 다른 반응을 보였다. 대학교에서 만난 20대 초반의 학생들은, 이 작품이 자식 교육에만 열중하는 엄마를 비판하는 논조라고 평했다. 반면 도서관 인문학 강의의 청중은 40대 이상인 여성이 많았는데, 그들은 작품에 감동했고 자신의 '엄마'가 생각나서 눈물이 흘렀다는 분도 있었다. 엄마에 대한 비판으로 읽히는 작품이 동시에 엄마를 향한 헌사로도 해석된다는 사실이 흥미로웠다.

일단 나는 작품 속 엄마를 부정적으로 본 학생들의 평가에 공감하는 편이다. 그녀는 최소 3가지 단점을 가지고 있다.

첫째, 엄마는 자녀의 교육에만 몰두하고 사회 정의에 무감하다. 그녀가 위장전입이라는 불법적인(혹은 부도덕한) 행동을 저질렀기에 하는 말이 아니다. 이 작품이 박완서의 자전적 경험을 담았다는 점을 고려할 때 시대 배경은 1930-40년대라고 추측된다. 그때 일본은 대동아전쟁을 시작하면서 수탈을 극대화했고 대다수의 한반도 사람은 절대빈곤에 시달렸다. 자식 교육을 위해 서울로 간 엄마는 얼마간 경제적 여유를 가진 편이었을 것이다. 한데 그녀는 일본의 식민 통치에 분노한다든가 한반도의 궁핍화 같은 것은 의식하지 않은 채 자식 교육에만 집중했다. 그녀는 좋은 '엄마'일지언정 바람직한 시민은 아니다.

둘째, 엄마는 강압적이다. 그녀는 자식이 어떤 가치관을 가지고 어떻게 살고 싶은지를 묻지 않은 채 마냥 출세하고 '신여성'이 되라고만 강요한다. 이렇게 비민주적이고 강압적인 태도를 긍정적으로 보기는 힘들다.

셋째, 엄마의 극성맞은 교육은 그녀 자신을 힘들게 한다.

당시 결혼 연령은 낮았으니 엄마는 기껏해야 서른 살 전후일 것인데, 그녀는 자녀 교육에 몰두하면서 자신의 젊음을 소진하고 있다. 지금의 관점으로 보자면 이 또한 바람직한 삶의 자세와는 거리가 멀다.

따라서 이 작품을 엄마에 대한 비판으로 읽어낸 대학생 독자들은 옳다. 허나 이 작품에 감동했다는 독자들도 틀리진 않았다. 웬만한 한국인들은 「엄마의 말뚝 1」의 엄마를 볼 때 자신의 엄마를 떠올리고 경건한 감사의 마음을 갖게 된다. 사회현실에 관심이 없고 자식의 교육에 몰두하는 엄마, 자식의 학군을 높이려고 편법까지 감행하는 엄마, 자식의 적성과 진로보다는 '성공'을 강요하는 엄마, 극성맞은 강압적 교육으로 본인과 자식들을 힘들게 만드는 엄마… 이 모든 것들은 20세기 대한민국 '엄마'들의 전형적인 특징이다. 이 소설에 감동한 독자들도 저런 '엄마'의 단점과 한계를 알고 있었으리라. 하지만 한국 사회를 경험해본 사람이라면, 이 나라의 '엄마'들이 그토록 천박한 삶을 강요받아야만 했다는 사실을 모를 리 없다.

배드 엔딩이 어때서?

100년째 서울 공화국

「엄마의 말뚝 1」의 '엄마'가 개풍에 남았다면 아름다운 자연 속에서 과수원을 일구면서 화목한 대가족으로 살았을 수 있다. 그런데 엄마는 모든 것을 버리고 서울로 떠났다. 소설은 그녀가 서울에 '말뚝'을 박으려 했던 이유를 설명하지 않는다. 하지만 한국의 독자라면 서울에 대한 집착에 공감하기 어렵지 않다. 2020년대에도 한국인은 대부분 서울 거주를 희망한다. 시골보다는 대도시가 좋고, 광역시보다는 수도권이 우월하며, 그중에서도 서울의 집값이 높은 동네가 최고라는 '상식'이 널리 퍼져 있다. 지방의 삶은 고달프다. 일단은 괜찮은 일자리가 드물기 때문이다. 물론 중소도시에서도 편의점, 레스토랑, 카페 등등에서 아르바이트는 구할 수 있다. 농업, 어업, 제조업 분야의 육체노동까지 감당할 수 있다면 생업을 영위하기는 어렵지 않다고도 한다. 하지만 사람들이 원하는 건실한 직장은 수도권에 밀집되어 있다. 지방에서 커리어를 시작하면 이후 상경하기 어렵다는 공포도 존재한다. 서울에 거주하려는 사람들의 욕심은 경쟁을 낳고, 그 결과는 치솟는 집값으로 반영된다.

 그나마 지금은 서울 사람들만 문화생활을 독점하는 시대
가 아니다. 지방 사람도 유튜브를 보고 인터넷 쇼핑을 하며
몸값 비싼 강사들의 인터넷 강의를 들을 수 있으니 문화의 도
농 격차는 과거보다 완화됐다. 「엄마의 말뚝 1」의 시대 배경
인 1930년대에는 농촌과 서울이 전혀 다른 세계였다. 당시
기준 서울(경성)은 한국에서 가장 발전된 곳이었다. 서울 시
민만이 전차, 커피, 자동차, 핸드백, 백화점 등등의 근대 문
물을 즐길 수 있었다. 대부분의 한반도인은 농부였고, 농사를
짓지 않는 소수의 사무직은 서울 주변에 모여 살았다. 수도권
바깥의 농부는 조선시대와 달라지지 않은 나날을 보내고 있
었다. 이런 상황을 고려하면, 엄마의 서울행은 구시대적인 농
촌 생활을 청산하고 시류에 영합하겠다는 의지의 발현이었
다는 추측이 가능하다.

 그러고 보니 서울에 대한 한국인의 욕망은 1930년대부터
2020년대까지 줄곧 이어져온 셈이다. 과거에는 근대 문물로
부터 도태되지 않으려고 농촌을 떠나는 사람이 많았다면, 지

금은 괜찮은 일자리를 구하는 이들이 수도권으로 모인다는 면에서 달라졌을 뿐이다.

이 땅에 살기 위하여

얼마 전 인터넷에서 결혼 알선 업체들의 직업 등급표가 유출된 것을 봤다. 대형로펌의 변호사와 서울검찰청 소속 검사가 S급, 개업 치과의사는 A+급, 약국을 가지고 있는 약사와 5급 공무원은 A급, 상위권 대기업 직원과 변리사는 A-급, 대형은행 직원은 B+급 등등으로 분류되어 있고 표의 가장 아랫줄에는 지방의 9급 공무원이 C-급으로 표시됐다. 나는 이 자료의 신뢰성을 확인하지 못했지만, 한국인들이 대략 이런 식으로 직업을 나누고 있다는 사실만큼은 잘 알고 있다.

직업의 존귀가 확정된 사회라면 모든 구성원은 높은 등급인 직업을 쟁취하기 위한 경쟁을 해야만 한다. 한국의 학생들은 적성과 꿈 따위를 고려치 않은 채 등급표 위에 배치된 직업을 쟁취하려 노력하고 있다. 수능에 소질이 있는 학생은 의대로 진학하고, 그렇지 못한 학생은 자신의 점수대에 맞는 학교를 '선택'해야 한다. 성실한 대학생들은 로스쿨로 진학하거나 대기업에 취직할 방법을 강구하고, 이런저런 경쟁에 끼지 못한 사람들은 공무원 시험이라는 이름의 패자부활전에 참여한다. 그 시험에서도 떨어진 사람들은 티어표에 표시되지 않은 하위 직업(?)에 만족해야 한다.

지난 몇십 년 동안 가장 높은 수능 점수를 받은 학생은 대부분 의대를 갔고, 의대를 가지 못한 이들은 미래가 유망해 보이는 진로를 대안으로 삼았다. 시대마다 진로의 트랜드는 조금씩 달라져왔다. 벤처기업이 유행하던 시절에는 이공계를 나와서 스타트업을 창업하려는 학생이 많았다. 일반기업에서 해고가 횡행하던 시기에는 안정적인 공무원을 지망하던 사람들이 늘었으며, 요즘은 경기가 어려워지면서 전문직 자격증의 가치가 높아진 반면 인공지능 관련 학과의 주가는 오른다고 한다. 이런 사회적 시류에 순종하는 사람들을 자유롭다고 할 수 있을까? 우리는 대한민국 사회라는 '타자'에 떠밀려서 진로를 강요받는 셈이다.

나는 티어표의 최하단에 9급 공무원(C-)이 있다는 점도 거슬린다. 물론 나도 격무와 감정노동에 힘들어하는 공무원이 많다는 사실은 알고 있다. 하지만 아쉬운 중소기업을 입사하거나 고단한 육체노동(노가다, 농사 등)을 하면서 그보다 힘들게 살아가는 사람도 적지 않다. 그런데 저 티어표는 공무원을 하층계급으로 묘사하고, 그 아래는 불가촉천민 취급을 하는 것 같아서 불편하다.

결혼 회사가 콧대 높은 사람들만 골라 받으려고 저렇게 고상한 티어표를 만들었다고 생각되진 않는다. 한국인은 자국의 평균 생활수준을 과대평가하는 경향이 있다. '중산층'이라는 단어가 이 점을 방증한다. 본래 중산층(middle class)은 하류층(lower class)과 상류층(upper class)의 사이에 낀 어정쩡한 신분을 지칭하는 용어였다. 봉건 시대에는 다양한 신분이 공존했고, 하위 계층(농민)과 상위 계층(귀족, 양반)은 명확했기에 양쪽이 아닌 사람들을 싸잡아서 중간계급(middle class)으로 분류했다. 한편 자본주의 사회는 재산에 따라 계층을 나눈다. 그렇다면 어느 정도의 재산을 가져야 한국의 '중산층'에 들 수 있을까? 학계와 산업계는 '중산층'을 정의하는 기준을 확정하지 못했다. 통계에 따라 사회의 경제력 기준 상위 20%와 하위 20% 사이를 중산층으로 분류하는 경우가 있고, 자산과 소득이 사회의 평균에 가까운 사람만 중산층으로 지칭하기도 한다.

내가 생각할 때 '중산층'은 재산과 소득이 아닌 사람들의 주관적 심리에 따라 결정된다. 한국인에게 중산층은 "엄청나게 성공하진 못했지만 망하지도 않은 평균 수준의 삶"을 뜻한다. 나는 종종 대학생들에게 이런 질문을 던진다. "너는 어떤 수준의 삶이 '평타'는 쳤다고 생각하니? 달리 말하면 어느 정도의 삶을 살아야지 인생이 망하진 않았다고 느낄 것 같니?" 아마 그들은 각기 다른 답을 떠올릴 것이다. "초봉 3,000만원에 40대까지 서울 근방의 빌라라도 구매하면 망하진 않은 인생이다"라고 생각하는 학생이 있고, "나이 30살까지 연봉 1억이 안되면 실패한 인생이다"라고 생각하는 학생도 있을 것이다. 이것이 그들의 머릿속 중산층의 하한선이다.

한국인은 중산층의 기준을 과대평가한다. 나는 최근 젊은 세대가 한국인의 평균 월급을 500만 원 쯤으로 추정한다는 기사를 봤다. 실상은 대기업 직원도 10년 정도의 연차는 쌓여야지 그 정도 월급이 되는데 말이다. 내 주변에는 대한민국 평균 순자산이 10억 원 정도라고 생각하는 지인들이 있는데, 2023년 기준 순자산이 10억 원 이상인 가구는 대한민국 상위 10%에 속한다.(참고로 대한민국에서 재산 수준으로 정중앙에 속하는 가정은 2억 원을 조금 넘는 순자산을 보유 중이다.) TV는 연예인의 사치스러운 생활을 상습적으로 방영하고 SNS에서 젊은 부자들이 돈자랑(flex)하는 모습이 넘쳐나지만, 이는 대한민국 평균과 거리가 멀다.

한국인의 목표와 이상이 높다고 비난할 생각은 없다. 사회보장 시스템의 허접함을 감안할 때, 이 나라에서는 중산층이라고 생각되는 수준에 다다라야만 그나마 노후 걱정을 덜고 인간다운 삶을 영위할 수 있다는 생각도 든다. 문제는 부단한 노력과 경쟁에서 살아남은 이들만이 그 수준에 도달한다는 사실이다. 한국은 '중산층'의 기준을 과대평가하는 사람들이 서로 중산층이 되려고 다투는 데스 게임(death game) 경기장을 방불케 한다. 드라마 〈오징어 게임〉이 2020년대의 한국에서 나올 수 있었던 까닭은, 망하지 않고 싶다는 절박한 마음 때문에 살육 경쟁으로 내던져진 사람들이 넘쳐나는 나라이기 때문일지도 모르겠다. 데스 게임의 출전자에게 양심과 이타성 등등의 덕목은 사치이다. 남을 죽여야지 내가 살 수 있는 상황이라면 자신의 생존과 안녕이 최우선 가치가 된다. 오늘날 한국인들이 '이기적'으로 보인다면, 극한의 경쟁에서 승리한 사람들에게만 인간다운 삶을 허락하는 사회구조의 책임이다.

「엄마의 말뚝 1」의 배경이 되던 시대에도 상황은 다르지 않았다. 작중 엄마가 딸에게 줄곧 신여성이 되라고 윽박지른다는 설정은 그래서 흥미롭다. 신여성은 학교를 졸업하고 근대적 문물을 섭렵한 여성을 뜻한다.[12] 그런데 신여성으로 살

---

12 엄마 자신도 신여성이 무엇을 뜻하는지를 분명하게 설명하지는 못했다. 참고로 많은 신여성들은 불행하게 살았다. 식민지 시기의 여성은 능력이 있어도 출세가 힘들었고, 페미니즘이나 사회주의 같은 진보적 이념을 배운 여성들도 지식인 남성의 아내가 된 후에는 독자적 활동을 이어가지 못한 경우가 많았다. 주체적인 여성일수록 많은 수난을 겪어야 했던 시대였다. 당시에 '신여성'들이 당해야 했던 수난을 알고 싶은 사람이라면 나혜석, 김일엽, 김명신 등등의 기구한 삶을 검색해보시라.

라는 말은 모호하다. 안정된 직장을 가져야만 신여성인가? 아니면 돈 많은 청년과 결혼해서 귀부인처럼 살아가는 여성도 신여성으로 분류할 수 있는가?「엄마의 말뚝 1」에서 엄마가 딸에게 '신여성'이라는 모호한 미래상을 요구하는 근본적인 이유는, 성공한 여성의 이미지를 떠올릴 수 없어서였을 것이다. 출세는 남자의 전유물로 여겨지는 시대였으니 엄마는 아들에게만 출세를 요구하고 딸에게는 신여성이 되라는 추상적 언명에 그쳤다는 말이다.

그런데 조금 더 생각해보면, 신여성이 되라는 말은 실상 구여성이 되지 말아야 한다는 요구였을지도 모르겠다. '엄마' 자신을 포함한 모든 한국 여성은 까막눈으로 자라나서 농민과 결혼하고 가정주부가 되어야만 했다. 농촌에서 시대에 뒤떨어진 채 살아가는 여성이 '구여성'이라면, 그런 삶을 벗어난 소수의 여성만이 '신여성'으로 명명되던 시대였다. '구여성'으로 살아온 엄마로서는 딸이 자신처럼 살지 않기를 바랐을 만도 하다. 우리는 그 당시 상황을 잘 모르지만, 농촌에서 이삭을 줍고 남편에게 새참을 준비하는 구여성보다는, 서울에서 핸드백을 들고 커피를 마시며 백화점을 누비는 신여성이 나아 보인다. 아니, 저런 양자택일이 강요되던 시대라면 무슨 수를 써서라도 신여성이 되려고 노력해야 한다. 도농격차가 완화된 지금도 청년(특히 여성)들이 농촌을 기피하는데, 1930년대라면 오죽했겠는가? 서울 거주에 대한 욕망을 조금이라도 가진 한국인들은 누구도 엄마에게 돌을 던질 수 없다. 그러고 보면 1930년대에나 2020년대에나 한국인들은 도태되기 싫다는 소박한 바람만으로 온갖 노력과 경쟁을 강요받는 셈이니, 강산이 3번 변하는 동안에도 참 한결같다.

우리는 앞서 오이디푸스가 하늘이 정해준 '운명'에 속박된 반면, 현대인은 얼마간 자유롭게 삶을 선택했다고 정리했다. 그런데 한국에서는 지역과 직업의 위계가 명확하다. 더 좋은 직업을 가지고 상급지로 가려면 부단한 노력이 요구된다. 좋은 직업을 구하기 위한 무한 경쟁 속에서 10대와 20대를 보내고 나면 30살 전후 쯤 대충 소득과 근무 환경 등등이 정해진다. 그 이후에는 자신의 수준에 맞춰서 남들과 비슷한 삶을 살게 된다. 이것이 한국인의 '운명'이라면, 진짜로 우리가 옛날 사람들보다 자유로워졌다고 할 수 있을까? 애당초 수능 1등부터 500등 정도까지는 절대 다수가 의대를 가는 나라에서 학생들이 자유롭게 진로를 선택한다고 볼 수 있을까? 우리는 그저 위계화된 사회에서 자신의 환경과 능력에 맞는 곳에 배치될 뿐이지 않은가? 물론 이런 물음을 던져본들 현실이 바뀌지는 않을 것이다. 그러나 우리가 그다지 자유롭지 못하다는 사실을 인정할 때에만 비로소 자유와 해방의 계기가 열릴 수 있다. 괴테가 말했듯 "자신이 자유롭다고 착각하는 사람보다 더 심하게 노예가 된 사람은 없다."

호감에 입각한 사랑 VS 결의와 책임감에 의한 사랑

「엄마의 말뚝 1」의 엄마는 '타자'의 시선을 민감하게 의식하는 속물이다. 하지만 그녀도 모든 면에서 합리적이진 않다. 그녀는 자신의 삶을 포기하면서까지 자식들의 교육에 전념한다. 웬만한 독자들은 이 설정을 당연하게 받아들였을 것이다. 대한민국의 거의 모든 부모는 자식을 향한 사랑으로 충만하기 때문이다. 허나 당연하게 여겨진다고 합당한 것은 아니다.

현대인의 인간관계는 상호적인 호혜를 전제로 한다. 우리가 누군가와 친구가 되는 것은, 그 사람과 함께 있는 시간이 즐겁기 때문이다. 누군가와 연애를 시작한 사람은 상대방과 연인이 됨으로써 얻을 수 있는 이익(애인과 데이트를 하거나 전화를 주고받으면서 느끼는 행복함, 매력적인 애인을 곁에 뒀다는 만족감, 스킨십을 할 수 있는 상대가 있다는 즐거움 등등)을 기대하기 마련이다. 만약 내가 상대방에게서 얻는 만족보다 불만이 크다면 그 관계는 금방 끝날 것이다.

반면 자식에 대한 부모의 사랑은 일방적이다. 부모는 아이가 어릴 때부터 모든 것들을 관리(care)해줘야 하고, 자녀가 청소년이 되면 진로 준비에 최선을 다해야 한다. 양육과 교육을 위해서라면 부모는 어떤 희생도 감수할 수 있다. 반면 자식은 성인이 될 때까지 부모에게 거의 아무런 답례도 하지 못한다.

왜 부모는 자식 교육에 그렇게 최선을 다할까? 자식을 잘 기르면 이후 부모를 부양하리라는 기대 때문이라고 생각하기는 힘들다. 내가 아는 한 대다수의 부모는 자식을 재테크(투자) 수단으로 보지 않고, 자식을 사랑하는 마음 때문에 헌신한다. 또한 자식 양육이 생물학적 본능의 산물로 보이지도 않는다. 인간이 자식을 낳고 헌신하려는 본능을 가진 동물이라면, 오늘날 한국의 출산율은 왜 급락하고 있는가?

한국인은 자식을 대할 때 유별난 마음가짐을 갖는다. 앞서 말했듯, 우리는 자유롭게 타인과 사귀고 헤어질 수 있다. 과거에는 결혼한 부부가 '검은 머리 파뿌리 될 때까지' 살아야만 한다고 했다지만, 이제는 부부도 수틀리면 이혼할 수 있다는 생각이 널리 퍼졌다.(그 결과 이혼율은 나날이 높아졌다.)

친구, 애인, 심지어 아내(남편)까지도 바꿀 수 있는 세상이지만 그래도 부모가 자식을 사랑해야 한다는 믿음은 굳건하다. 따라서 결혼과 출산을 할 때 부모는 자녀 양육에 전념하겠다는 결의를 하게 된다. 그런 마음가짐을 갖추지 못한 청년은 애당초 출산을 시도하지 못한다.(어쩌면 이것은 요즘 출산율이 최저치를 갱신하는 까닭일 수도 있다.) 결과적으로 자식에게 헌신할 준비가 된 사람들만 출산을 하는 상황이 된다.

이쯤되면 드는 생각이 있다. 서로에 대한 호감과 애정에 기반한 인간관계는 휘발적이다. 반면 개인의 내면적 결단과 책임감에 근거한 사랑은 견고하다. 어쩌면 이는 우리의 상식을 벗어나는 말일지 모르겠다. 우리는 자연스러운 호감으로부터 비롯된 우정과 뜨거운 애정으로부터 파생된 사랑을 꿈꾼다. 허나 관계를 오랫동안 유지하려면 결단과 책임감이 더 중요한 덕목일 수도 있다.

과거 나는 "애써 지켜야 하는 거라면 그건 이미 사랑이 아니지"라는 가사가 포함된 윤상의 노래 〈사랑이란〉을 공감하며 들었다. 사랑은 자연스러운 호감의 발로여야 하고, 의무감으로 유지되는 관계는 사랑이 아니라고 생각했다. 그런데 지금 돌이켜보면, 어떻게든 사랑을 깨트리지 않겠다는 맹목적 책임감이야말로 관계를 유지하기 위한 필수요건일지도 모르겠다. 이와 관련해서는 뒤의 챕터들에서 다시 언급할 것인데, 독자 여러분은 일단 가볍게 기억만 해두시기를 바란다.

CHAPTER 4

행복에서 비애로
혹은 반대로

이 길고 긴 낮과 밤을 쉼 없이 살아나가요.

안톤 체호프 「바냐 아저씨」

「바냐 아저씨」의 주제는 사랑과 환멸이다. 눈에 콩깍지를 뒤집어쓰고 상대방에게 헌신하려는 마음가짐을 '사랑'이라고 정의한다면, 교수를 향한 바냐의 마음은 사랑이 아닐 수 없다. 사랑에 빠진 사람은 상대방을 행복하게 만들어주려 노력하는 과정에서 행복을 느낀다. 하지만 사랑이 사라지고 나면 지금껏 상대방에게 바친 헌신은 허탈함과 허무함을 남길 뿐이다.

「바냐 아저씨」[13] 톺아보기

안톤 체호프(Anton Chekhov)는 위대한 희곡들과 그럭
저럭 괜찮은 소설들을 발표한 러시아 작가이다. 연극이 대중
화되지 않은 한국에서는 그의 이름이 널리 알려지지 않았다.
하지만 그의 대표작 「벚꽃 동산」, 「갈매기」는 지금도 국내외
의 극단에서 자주 공연된다. 이 글에서는 그의 대표작 중 하

---

13 안톤 파블로비치 체호프, 장한 역, 『바냐 아저씨』, 더클래식, 2017.

나인「바냐 아저씨」를 살펴보겠다.

일단 줄거리 요약부터. 47살 바냐는 고향인 숲에서 어머니를 모시고 사는 노총각이다. 바냐의 여동생은 오래전 사망했다. 이후 바냐는 여동생의 남편이었던 세레브랴코프 교수를 원조하면서 살아왔다. 정년을 맞은 교수는 어느 날 27세의 젊은 새 부인 엘레나와 함께 바냐의 집을 찾는다. 이런저런 일을 겪으면서 바냐는 교수의 속물성을 느끼게 된다. 급기야 교수는 바냐의 숲을 팔아버리고 유가증권을 구매해서 자신은 이민을 가겠다고 선언한다. 이에 분노한 바냐는 충동적으로 총을 쏜다. 다행히 총알은 빗나갔고 곧 교수 부부는 돌아간다. 바냐는 지금까지 그랬듯 계속 교수 부부를 지원하기로 합의한다. 그들이 돌아간 후 바냐는 자신의 미래를 걱정한다. 이때 바냐의 조카이자 교수(와 전처 사이)의 딸이었던 소냐는 절망한 바냐를 위로해준다.

바냐를 이해하기 위하여

바냐는 죽은 여동생의 남편(妹夫)을 위해 평생 봉사하며 살아왔다. 그의 맹목적인 헌신을 이해하기는 쉽지 않다. 원래 100년 전 외국에서 나온 문학 작품에 공감하기는 어려운 법이다. 필자의 주관적 해석과 사전 지식을 섞어서 바냐의 심경을 설명해보겠다.

1917년 레닌의 사회주의 혁명이 일어나기 전까지 러시아는 봉건적인 왕정 국가였다. 아직은 산업의 발전이 미약해서 노동자의 비율이 낮고 농민이 압도적으로 많았다. 이때 대학을 들어간 소수의 엘리트는 '지식인(intelligentsia)'으로 분류됐다. 19세기 말 러시아에서는 지식인이 농민들과 함께해야 한다는 브나로드(v narod) 운동이 유행했다. 이 사실은 천한 농민과 고상한 지식인이 엄격히 구별되던 사회였음을 방증한다.

다른 나라에서도 근대 이전까지 지식인과 민중의 위계는 분명했다. 한반도의 사례만 보더라도 조선시대에는 글을 읽고 쓸 수 있는 지식인(양반)과 그 외의 계층(상인, 농민 등)은 격이 다른 존재로 취급받았다. 그때는 양반만 응시할 수 있는 글쓰기 시험(과거 시험)이 존재했고 거기에서 급제한 사람들이 국가 관리로 임용됐다. 자연히 '배우신 분'들은 예비 통치자로서의 권위를 가질 수 있었다.

근대 사회에서 교육은 더 이상 특권이 아니다. 자본주의 체제의 권력은 돈으로부터 나온다. 이제 적당한 돈을 가진 사람이면 누구나 대학 내지는 대학원을 갈 수 있다. 학비가 부담스러운 청년도 장학금과 대출의 도움으로 입학이 가능하다. 학력 인플레가 너무 심해져서 대학 졸업장이 안정된 직장을 보장해주지 못하게 된 지 오래이다. 이런 상황이라면 가방끈 긴 사람을 '높으신 분'으로 치켜세울 필요가 없다. 박사 학위를 받고 가난하게 살아가는 비정규직 대학 강사보다는 대기업에서 육체노동을 하면서 높은 월급을 받는 노동자가 대접받는 시대이다.

과도기에는 과거와 미래의 가치관이 혼재된다. 한국만 해도 50년쯤 전에는 자본주의 체제였음에도 불구하고 '지식인'이 '민중'보다 우월한 존재로 여겨졌다. 대학 진학률이 20% 이하였으니 대학생은 소수의 엘리트 취급을 받았을 법도 했다. 근대화가 시작될 무렵 러시아도 상황은 크게 다르진 않

배드 엔딩이 어때서?

앉던 듯하다.

또한 바냐는 개인적으로 교수를 동경했다. 그는 대학을 나오지 않았지만 학문을 선망했고 교수의 논문을 애독했다. 요컨대 바냐에게 교수는 '높으신 분'이자 개인적인 롤 모델이었다. 그런 분의 가족이자 몸종이 된다는 것은 영광스러운 일일 수 있다. 적어도 바냐의 입장에서는 그렇게 믿을 법했다.

꿈꿀 수 없는 날의 답답함

「바냐 이야기」의 도입부에서 교수가 젊고 매력적인 새 아내를 데려왔다. 그의 재혼은 사별한 아내를 떠나보내는 애도 의식이고, 그 점에서 교수와 바냐의 혈연관계를 멀어지게 만드는 사건이기도 했다. 노쇠한 교수가 젊은 여성과 결혼하기 위해서는 경제력이 뒷받침됐을 터인데 바냐는 교수의 풍요로운 삶을 보조해왔다. 말하자면 바냐는 교수가 전 아내(자신의 죽은 여동생)를 잊고 재혼하게끔 도와준 셈이다. 그동안 바냐는 미혼으로 늙어버렸는데 말이다. 게다가 교수는 뻔뻔하게도 바냐와 어머니에게 숲이 어떤 의미인지를 고려하지 않은 채 부동산 '재테크'를 하겠다고 선언했다. 교수가 이기적인 속물의 민낯을 보인 순간, 그가 인간의 정신을 함양하는 예술(학문)을 추구한다고 믿어왔던 바냐는 실망했다.

하지만 바뀌는 것은 없다. 교수를 위해 살아온 세월은 이미 지나갔다. 바냐에게 남은 선택지는 2개뿐이다. 교수와 연을 끊고 새로운 인생을 도모하거나, 혹은 지금까지처럼 교수를 섬기는 몸종으로 남거나. 전자가 좋은 답이겠지만, 현실적으로 생각해보면 40대 후반이 새로운 삶을 모색하기는 쉽지 않다. 바냐는 울며 겨자 먹기로 후자를 택한다. 그는 이후에도 교수를 모시며 살아가야 한다. 다만 기분은 달라졌다. 과거의 바냐는 교수를 자발적으로 부양하며 보람을 느꼈지만, 앞으로는 같은 일을 하면서도 환멸과 자괴감만 생길 확률이 높다.

「바냐 아저씨」의 주제는 사랑과 환멸이다. 눈에 콩깍지를 뒤집어쓰고 상대방에게 헌신하려는 마음가짐을 '사랑'이라고 정의한다면, 교수를 향한 바냐의 마음은 사랑이 아닐 수 없다. 사랑에 빠진 사람은 상대방을 행복하게 만들어주려 노

배드 엔딩이 어때서?

력하는 과정에서 행복을 느낀다. 하지만 사랑이 소지되면 지금껏 상대방에게 바친 헌신은 허탈한 후회를 남길 뿐이다.

비애에 대하여

체호프는 '비애'의 작가라고 불린다. 비애(悲哀)는 슬플 비(悲)와 슬플 애(哀)를 합친 단어이니 직역하면 많이 슬프다는 의미여야 한다. 참고로 영한사전에 따르면 비애는 'sadness'나 'mourning' 또는 'pathos'나 'grief' 정도로 번역된다. 그런데 한국어 '비애'는 슬픔, 설움 같은 단어와 호환되지 않고 앞 문장의 영어 단어들과도 다른 뉘앙스를 갖는다. 슬픔은 부정적 상황에 대한 즉각적 심리 반응이다. 지인이 교통사고를 당했을 때, 혹은 반려동물이 무지개 다리를 건넜을 때, 우리는 슬픔을 느낀다. 이 감정은 '비애'가 아니다.

내 나름으로 거칠게 정의해보자면, 비애는 주관적 상상이 만들어낸 쓸쓸함과 서글픔이다. 자신의 예상보다 인생이 꼬였다는 생각이 들 때, 혹은 자신이 더 나은 삶을 살 수 있었으리라는 상상을 할 때 우리는 우울감을 느낀다. 회사에서 피상적 인간관계에 염증을 느낀 사회인은 순수했던 학생 시절을 그리워한다. 소싯적 밤새 말술을 먹어대던 술꾼도 나이가 들면 소주 한 병이 힘들어지는 순간이 오기 마련이다. 박사 학위를 받은 비정규직 시간강사는 안정된 생활을 영위하는 동기(회사원)를 보면서 "나도 대학원을 가지 않고 취직했다면 더 행복했을 것인데…"라는 회한을 가질 수 있다. 이들의 울적함은 자신이 행복했던 과거에 대한 기억 내지는 자신이 과거에 다른 선택을 했다면 행복해졌으리라는 환상으로부터 비롯된다. 이 감정은 슬픔이 아닌 비애이다.

현실에 집중하는 사람은 비애를 느낄 겨를이 없다. 바냐의 비애는, 자신이 교수의 하인처럼 살아오지 않았다면 더 나은 사람이 되었으리라는 환상으로부터 비롯됐다. 그는 자신이 교수를 부양하지 않았다면 돈을 벌어서 결혼을 하거나, 혹은 쇼펜하우어(Arthur Schopenhauer)와 도스토예프스키(Fyodor Dostoevsky)에 필적하는 작가가 되었을 수 있다고 절규한다. 이 말의 실현 가능성은 의심스럽다. 하지만 누구나 "왕년에 내가 다른 선택을 했다면 내 삶이 훨씬 나아졌으리라!"라고 우길 자격은 있다.

바냐가 불행해진 핵심 원인은 교수의 배신이 아니다. 외려 교수에게 봉사하며 살아갈 때야말로 그는 행복했다. 바냐의 심적 안정을 위해서라면 평생 교수를 맹목적으로 동경한 채 살아가는 편이 나았을 수도 있다.

행복한 사람은 엇비슷하지만⋯

톨스토이의 소설 『안나 카레니나』의 첫 문장은 유명하다. "모든 행복한 가정은 엇비슷하지만, 불행한 가정은 제각기 나름대로의 불행을 안고 있다." 이 문장은 만고의 진리를 담고 있다. 한 가정을 불행하게 만들 요인은 넘쳐난다. 부부의 사랑이 식어서, 부모가 자식의 말을 경청해주지 않아서, 가족의 여가 시간이 부족해서, 시어머니와 시누이의 잔소리가 심해서, 자식이 공부를 못해서⋯ 기타 등등의 수많은 이유를 상상할 수 있다. 하지만 이 사회에서 대부분의 가정을 힘들게 하는 핵심 원인은 돈이다. 충분한 재산을 가진 가정은 드물다. 꽤 부유한 사람들도 자신이 빈곤하다고 생각하는 경우가 많다. 수십 억 원의 자산을 보유한 가족도 수백 억 원대의 자산가를 보면 '상대적 박탈감'을 느낀다. 천문학적인 재산을 가진 가족도 어딘가 존재하겠지만, 한국의 재벌가들에서 일어났던 "왕자의 난"들을 돌아보건대 재산과 행복이 비례하는 것 같지는 않다. 이 책을 쓰는 시점에서 세계적으로 가장 큰 권력과 돈을 가진 사람은 도널드 트럼프(Donald Trump)와 일론 머스크(Elon Musk)인데, 그들도 '행복한 가정'을 꾸리지는 못했다. 좋은 사회적 활동을 많이 했다는 갑부 빌 게이츠(Bill Gates)도 최근 이혼했다. 이상으로 언급한 가정들은 각기 다른 이유 때문에 불행해졌으리라 생각된다.

불행할 이유를 갖지 않은 가정은 없지만 그래도 아주 드물게 "행복한 가정"이 존재한다. 행복한 가정에 필요한 것은 단한 가지, 자신들이 행복하다는 믿음이다. 애당초 행복은 주관적인 마음가짐의 영역에 속한다. 낙관적인 사람들은 "그래도 우리 집 정도면 꽤 잘 사는 것 아닌가?"라든가 "우리 집은 가난하지만, 그래도 부부의 사이가 좋으니까 행복하다"는 식으로 현실을 합리화하며 살아갈 수 있다. 그들도 자신의 가정을 남들과 비교하면 아쉬운 부분이 체감되면서 불행에 빠지겠지만 말이다.

톨스토이의 경구에서 "가정"은 "사람"으로 바꿀 수 있다. "모든 행복한 사람은 엇비슷하지만, 불행한 사람은 제각기 나름대로의 불행을 안고 있다." 완벽한 사람은 존재하지 않는다. 재산, 능력, 학벌, 외모, 건강 등등의 요소를 분리해서 생각해보면 누구나 아쉬운 면이 있다. 남들과 비교하며 자신에게 결여된 부분을 한탄하는 사람은 불행해진다. 행복을 얻으려면 먼저 타자로부터 자유로워져야 한다.

간절한 목표를 가진 사람은 찰나의 행복을 느낄 수 있다. 가령 "나는 사랑하는 사람과 결혼하면 행복할 것 같다!" 내지는 "나는 대기업에 취직하는 것을 목표로 삼겠다!"라고 결의한 사람은, 자신의 목표를 향해 나아가는 과정 자체에서 뿌듯함을 느끼고, 마침내 목표를 달성할 때 무한한 기쁨을 만끽할 것이다. 자신이 설정한 목표를 좇을 때에는 타자의 시선이나 평가로부터 자유로워지기 때문이다. 물론 이런 목표들은 영원한 행복을 보장하지 못한다. 결혼을 목표로 삼았던 사람은 결혼 이후 사랑의 설렘이 무뎌지는 경우가 많다. 취직을 꿈꾸던 사람 또한 입사 이후에는 주말과 휴가만을 기다리는 소시민으로 전락하기 마련이다. 새로운 목표를 세우지 않는 이상 그들은 다시 타자를 의식하고 불행해질 확률이 높다.

좀 더 장대한 목표를 추구하는 경우라면 얘기가 다르다. 유관순 열사의 경우를 생각해보라. 만약 그녀가 대한독립을 위해서 살겠다는 목표를 가졌다면, 그 꿈을 실현해나가는 과정은 행복으로 충만했을 수 있다.

따라서 이 책의 서문에서 언급한 내용을 수정하고 싶다. 나는 행복하게 산 친일파와 불행하게 죽은 유관순을 대비했다. 친일파들은 돈과 권력을 가진 채 천수를 누렸으니 행복했으나 유관순은 젊은 나이에 부모와 함께 죽었으니 불행했으리라 판단했다. 하지만 이 전제는 틀렸다. 비겁하게 눈치 보면서 살아간 사람들보다 외려 올곧게 자신만의 목적을 추구하는 사람이 더 큰 희열과 행복을 누렸을 수 있다. 따라서 유관순이 친일파보다 '행복'하지 못했다는 전제는 철회하고 싶다.

배드 엔딩이 어때서?

다만 유관순의 삶은 역시 '해피 엔딩'이 아니다. 그녀는 부모의 죽음을 경험했고 옥중에서 맞아 죽었다. 이는 인간이 겪을 수 있는 최악의 사건들이라고 할 수 있다. 따라서 그녀의 인생을 소설이나 영화로 만든다면 배드 엔딩이어야 한다. 다만 그녀의 사례는, 배드 엔딩의 주인공도 행복할 수 있다는 역설적인 사실을 암시해준다.

행복과 배드 엔딩에 관한 논의는 미뤄두고 일단은 바냐의 사례로 돌아가자. 자신만의 목표를 추구하려는 자세가 행복의 기본 요건이라면, "존경하는 교수를 후원하면서 살아가겠다"라는 삶의 목표를 가졌던 때 바냐는 행복했을 것이다. 평생을 호구처럼 살아가는 그가 남들에게는 멍청해 보였겠지만, 타자의 시선을 무시한 채 충실하게 자신만의 목표를 추구하는 사람은 행복할 수 있는 법이다.

"우린 쉴 수 있을 거예요"

바냐가 비애와 절망에 빠져있을 때 소냐는 위로의 말을 건넨다. 다소 길지만 인용해본다.

소녀 : 하지만 어쩌겠어요. 살아야죠! 삼촌, 우린 살아야 해요. 길고도 긴 낮과 밤을 끝까지 살아가요. 운명이 우리에게 보내 주는 시련을 꾹 참아 나가는 거예요. 우리, 남들을 위해 쉬지 않고 일하기로 해요. 앞으로도, 늙어서도 그러다가 우리의 마지막 순간이 오면 우리의 죽음을 겸허히 받아들여요. 그리고 무덤 너머 저세상으로 가서 말하기로 해요. 우리의 삶이 얼마나 괴로웠는지, 우리가 얼마나 울었고 슬퍼했는지 말이에요. 그러면 하느님은 우리를 불쌍히 여겨주실 테죠. 아, 그날이 오면, 사랑하는 삼촌, 우리는 밝고 아름다운 세상을 보게 될 거예요. 기쁜 마음으로, 이 세상에서 겪었던 우리의 슬픔을 돌아보며 따스한 미소를 짓게 될 거예요. 그리고 마침내 우린 쉴 수 있을 거예요. 14)

"하지만 어쩌겠어요. 살아야죠!"라고 시작한 대사는 "마침

---

14 안톤 파블로비치 체호프, 장한 역, 『바냐 아저씨』, 더클래식, 2017, 96면.

배드 엔딩이 어때서?

내 우린 쉴 수 있을 거예요"로 끝을 맺는다. "우린 쉴 수 있을 거예요"는 "우린 죽게 될 거예요"의 점잖은 표현이다. 영어권 국가에서는 지금도 죽은 사람을 추모할 때 평화롭게 쉬라는 표현 "R.I.P(Rest In Peace)"를 쓴다.

언젠가 죽을 것이라는 말은 열심히 살아가자는 권유의 근거로 적절치 않아 보인다. 허나 죽음에 대한 자각은 남겨진 삶을 소중하게 만들어주는 자극제가 될 수 있다. 한때 우리나라에도 욜로(YOLO)라는 용어가 유행했다. 욜로는 "인생은 오직 한 번뿐"(You Only Live Once)을 뜻한다. 욜로의 제창자들은, 한 번의 끝(죽음)을 경험할 때까지 자신만의 인생을 주체적으로 살아가자고 주장한다. 그렇다면 욜로는 어떤 논리로 정당화될 수 있을까? 그리고 소냐가 바냐에게 욜로를 권했다는 평가는 타당할까? 이런저런 질문들을 던질 수 있겠지만 먼저 다음 장에서 죽음을 소재로 한 대중소설을 살핀 후 논의를 재개해보겠다.

CHAPTER 5

죽음을 기억하라

삶은 우연이 아니다. 운명도 아니다. 삶은 선택이다.

스미노 요루 『너의 췌장을 먹고 싶어』

키에르케고르는 종교인만 '종교적 실존'을 추구할 수 있다고 주장했다. 하지만 나는 현실에서 무언가를 '사랑'하는 사람들은 전부 그와 비슷한 마음가짐을 갖는다고 생각한다. "나"의 안위보다 무언가를 더 중요하게 여기는 태도가 사랑이라면, 그것을 실현하는 과정에는 결단과 주관적 고민이 개입될 수밖에 없다.

죽음을 기억하라

『너의 췌장을 먹고 싶어』[15] 톺아보기

스미노 요루(住野よる)의 『너의 췌장을 먹고 싶어』(이하 『너의 췌장』)는 일본과 한국에서 적잖은 인기를 끌고 영화와 애니메이션으로 개작됐다. 이 소설이 세월의 풍파를 이겨낸 고전으로 남을지는 불확실하다. 허나 흥미로운 논점을 포함한 작품이니 줄거리를 요약하고 살펴보겠다. 반전까지 다

---

15 스미노 요루, 양윤옥 역, 『너의 췌장을 먹고 싶어』, 소미미디어, 2017.

룰 것이니 스포일러를 주의해주시길!

『너의 췌장』은 젊은 남녀가 "썸"을 탄다는 내용이다. 남자 주인공 하루키는 과묵한 문학 소년이고 여자 주인공 사쿠라는 몇 달 후 췌장암으로 죽게 될 시한부이다. 사쿠라는 본래 쾌활한 성격이었고 자신이 죽기 전까지 계속 명랑한 모습을 연출하려 했다. 어쩌다 보니 둘은 친해졌다. 사쿠라는 하루키에게 "진실을 알면서도 일상을 선물해 줄 사람"이 되어주라고 부탁했다. 이후 사쿠라는 자신의 버킷리스트에 있던 일들("맛있는 라멘 먹기"라든가 "남자 아이와 여행가서 자고 오기" 등등)을 하루키와 함께 행동으로 옮겼다. 얼마 후 사쿠라는 무차별 살인마에 의해 피살된다. 이후 하루키는 사쿠라의 유서를 보면서 상념에 빠진다.

시한부 서사를 넘어

어느 나라에나 시한부를 주인공으로 등장시킨 서사 작품은 있다. 한국만 해도 지금은 시한부의 사랑을 애절하게 묘사함으로써 시청자의 눈물을 쥐어짜는 최루성 이야기가 희소해졌을지언정 드라마 〈가을 동화〉(2000)와 〈미안하다, 사랑한다〉(2004)가 선풍적 인기를 끌던 때가 있었다. 일본에는 비교적 최근까지 시한부에 관한 서사가 꾸준히 발표됐다. 소설 『이치고 동맹』(1990)에서부터 영화 〈세상의 중심에서 사랑을 외치다〉(2004), 드라마 〈1리터의 눈물〉(2005), 애니메이션 〈4월은 너의 거짓말〉(2014-2015) 등등을 예로 들 수 있다. 조금 더 서브컬처에 익숙한 독자들은 게임 〈카나 오카에리〉(2004)라든가 애니메이션 〈AIR〉(2005)를 떠올렸을지도 모르겠다.

앞의 문단에서 언급한 일본 작품은 전부 시한부 여학생을 주인공으로 한다. 일본의 입시경쟁은 한국에 버금간다. 그래서 고등학생들은 공부를 열심히 하고 대학 입학을 준비해야 한다. 의무는 일탈의 욕망을 낳는 법이다. 입시를 앞둔 학생들은 자유롭게 연애, 여행 등등을 해보고 싶다는 꿈을 꾼다. 허나 미래에 대한 불안감 때문에 웬만하면 욕망을 억누르고 입시경쟁에 순응한다.

반면 시한부는 미래의 사건을 대비할 이유가 없고 남의 시선을 신경 쓸 여유도 없다. 시한부 서사의 주인공은 남은 시간 동안 자신에게 중요한 일을 하겠다고 결심한다. 사쿠라의 경우에는 버킷리스트를 써서 실행으로 옮겼다. 그 모습은 입시경쟁에 매몰된 '모범생'보다 자유롭고, 입시경쟁을 포기한 '문제아'들보다 고상해 보였다.

시한부 서사는 주인공이 남은 나날을 자유롭게 보내다가 결국 예정된 죽음을 맞는 장면으로 끝나기 마련이다. 이런 클리셰(cliche)에 익숙한 독자들은 『너의 췌장』도 그렇게 진행되리라 기대했을 것이다. 허나 사쿠라는 뜬금없이 칼부림을 당했다. 이 반전은 주인공의 병사(病死)를 예상했던 독자들에게 충격과 놀라움을 준다.

그런데 생각해보면 죽음은 본래 언제 어디서든 예상치 않게 일어날 수 있는 사건이다. 이는 일찍이 실존주의 철학자 키에르케고르(Søren Kierkegaard)가 지적한 사항이기도 하다. 그가 자주 언급한 일화가 있다. 우연히 두 친구가 오랜만에 만났다. A가 저녁 식사를 제안했고 B는 동의했다. 그 순간 갑자기 천장의 지붕이 떨어져서 B는 그것을 맞고 사망했다. 키에르케고르는 이것이 배꼽이 빠질 만큼 웃기는 이야기라고 했다. B는 죽음의 가능성을 무시했다. 그가 엄밀한 이성을 가졌다면 이렇게 답해야 했다. "나는 자네와 식사를 하고 싶네. 하지만 나는 언제 어떻게 죽을지 모른다네. 만약 내가 저녁까지 살아있다면 함께 밥을 먹겠네."

물론 이렇게 말하는 사람은 없다. 우리는 언제든 죽을 수 있는 연약한(vulnerable) 존재임에도 갑작스러운 죽음의 가능성을 망각한 척하며 살아간다. 급사(急死)의 가능성이 희박하기 때문에만 그런 것은 아니다. 한 사람이 교통사고를 당하거나 번개를 맞을 확률은 복권 1등에 당첨될 확률보다 훨씬 높다. 그런데도 자신이 번개나 교통사고의 희생자가 될 수 있다고 걱정하는 사람보다는 복권 당첨을 꿈꾸는 사람이 훨씬 많다.

우리가 죽음의 편재성을 외면하는 가장 큰 원인은 허무함을 마주하고 싶지 않다는 본능 때문일지도 모르겠다.[16] 인간

---

16 인간은 불행한 미래를 모르는 상태로 남아 있으려는 본능이 있다. 가령 한 연구결과에 따르면, 절반 이상의 사람들은 자신이 미래에 알츠하이머병을 앓게 될지를 알고 싶지 않다고 생각한단다. 캐스 R. 선스타인, 고기탁 역, 『TMI:정보가 너무 많아서』, 열린책들, 2023, 58면.

은 누구나 자신의 계획 속에서 살아간다. 계획은 삶에 활력을 불어넣고 질서를 부여한다. "나는 40살이 되기 전까지 아파트를 구매하겠다" 같은 장기적 계획은 물론이고 "오늘은 친구와 함께 저녁 식사를 하겠다" 같은 단기적 계획 또한 그렇다. 갑자기 죽을 수 있다는 사실을 인정하는 순간 저딴 계획들은 전부 무의미해진다. 죽음에 대한 망각은 삶을 의미 있는 과정으로 느끼도록 만들어주는 진통제로 유용하다.

세 가지 실존 양식

그런데 키에르케고르는 반대로 죽음을 망각하지 않아야 더욱 가치 있는 인생이 가능해진다고 주장했다. 그는 인간이 추구할 수 있는 삶을 미학적 실존, 윤리적 실존, 종교적 실존으로 나누고, 종교적 실존의 경지에 이른 사람만이 허무주의를 벗어날 수 있다는 결론을 도출했다. 그의 논지를 간략히 정리하겠다.

첫째, 미학적 실존은 즉물적 만족을 위해 살아가는 태도이다. 우리는 살면서 여러 욕망을 갖게 된다. 취미를 즐기고 싶다는 욕망, 예쁜 옷을 사서 외모를 꾸미고 싶다는 욕망, 매력

배드 엔딩이 어때서?

적인 사람과 연애를 하고 싶다는 욕망 등등을 충족하려는 태도가 '미학적 실존'이다. 키에르케고르가 볼 때 미학적 실존은 찰나의 행복을 채우는 수준에 머무른다는 한계가 있었다.

둘째, 윤리적 실존은 사회적으로 옳다고 여겨지는 일을 하면서 살아가는 태도이다. 세상에는 무엇이 옳은 행동인지에 대한 도덕적 공감대가 있다. 길거리에 떨어진 쓰레기를 줍는 행동, 사회적 약자를 위한 봉사활동과 기부를 하는 행동은 누가 봐도 '착한 일'이다. 높은 윤리의식을 가지고 일하는 정치인과 종교인도 또한 도덕적이라는 찬사를 받는다. 그들은 윤리적 실존을 추구하는 셈이다. 선행을 쌓아서 남에게 존경받는 사람을 나쁘게 볼 이유는 없다. 허나 키에크케고르는 인간이 이기적인 존재라서 윤리적 실존을 일관되게 추구하기는 어렵다고 평했다.

셋째, 종교적 실존은 믿음에 근거하여 살아가는 태도이다. 종교적 실존의 대표적 사례는 성경의 아브라함(Abraham)이다. 신은 아브라함의 신앙을 시험하고자 아들을 죽이라고 명했다. 아브라함은 그 말에 복종하려고 했다. 그 순간 믿음을 확인한 신이 등장해서 아들 살해를 막아줬다.

이때 아브라함의 살인미수는 미학적 실존과 거리가 멀다. 그가 살인에서 쾌락을 느끼는 살인마가 아니었다면 말이다. 또한 이는 윤리적 실존이라고 하기도 힘들다. 아들 살인을 도덕적으로 옹호할 사람은 없다. 아브라함은 자신의 욕망을 억누르고 사회의 도덕까지 거스르면서 오직 신에 대한 믿음에만 충실했다. 이것이 종교적 실존이다.

종교가 없는 사람들은 살인을 명령한 신의 잔인함을 비난하거나 아브라함의 맹신을 조소할지도 모르겠다. 나 또한 무신론자이기 때문에 성경을 변호할 생각은 없다. 다만 기독교와 천주교가 아브라함처럼 살라고 종용하는 책은 아님을 지적해두고 싶다. 현실의 종교인은 아브라함이 될 수 없다. 만약 한 신도가 목사님이나 신부님을 찾아가서 이렇게 말했다고 가정해보자. "저는 어제 꿈에서 하느님을 봤습니다. 하느님께서는 저에게 아들을 죽이라고 명령하셨습니다. 저도 아브라함처럼 신의 뜻을 받들어 살인을 하겠습니다!" 온전한 종교인이라면 마땅히 그 신도를 정신병원으로 보내야 한다. 왜? 구약성경에서 신은 인간에게 직접 메시지(direct message)를 보낼 수 있다. 그래서 아브라함은 신의 말씀에 복종할지만 결정하면 됐다. 허나 이것은 성경의 등장인물에게만 허용된 특혜이다. 현실의 종교인은 신과 대화를 나누지 못한다.

물론 종교에는 정전과 교리가 있다. 허나 정전과 교리를 해석하고 현실에 적용할 때에는 개인의 주관이 들어가기 마련이다. 하느님(하나님)의 뜻을 따르겠다고 결의한 종교인들도 제각기 다른 삶을 지향한다. 애당초 신의 뜻에 따르는 삶은 어떤 것인가? 지금까지 있었던 바티칸의 교황 중 누가 가장 적확하게 신의 뜻을 대변했는가? 진보정당과 보수정당 중 어느 쪽이 신의 뜻에 부합하는가?(즉, 하느님을 믿는 사람은 어느 정당을 지지해야 하는가?) 현 정부의 부동산 정책과 복지 정책은 신의 뜻에 맞는가? 젊은 신도가 신의 뜻을 따르고 싶다면 성직자가 되어야만 하는가? 아니면 경제적으로 성공해서 큰돈을 헌금하는 것이 더 종교에 기여하는 방법인가? 혹은 부자가 천국에 가기 힘들다는 성경의 말을 따라서 '무소유'를 실천하는 것이 옳은 삶일까? 종교의 정전과 교리는 이런 현실적 문제들에 답해주지 못한다.

종교인들이 제멋대로 산다는 말은 아니다. 건실한 종교인이라면 일단 신에 대한 믿음을 결심한 후, 자신이 신의 뜻을 온전히 헤아릴 수 없음을 겸허히 인정해야 한다. 그래야만 '신의 뜻'을 고민하고 주체적으로 해석하는 경지에 이를 수 있다. 이것이 신의 뜻을 따르는 유일한 방법이다. 자기가 절대자의 전언을 들었다고 확언하는 종교인은 음흉한 목적을 가진 사이비가 많다.

사랑의 기술

키에르케고르는 종교인만 '종교적 실존'을 추구할 수 있다고 주장했다. 하지만 무언가를 '사랑'하는 사람은 누구나 그런 경지에 이를 수 있다. "나"의 안위보다 무언가를 더 중요하게 여기는 태도가 사랑이라면, 그것을 구체화할 때에는 결단과 주관적 고민이 반영될 수밖에 없다. 물론 신에 대한 사랑과 타인을 향한 사랑은 다르다. 신은 인간에게 메시지를 전달할 수 없지만 인간은 의사소통이 가능하다. 그래서 종교인들이 신의 뜻을 자의적으로 해석해야 하는 것과 달리, 현실에서 누군가를 사랑하는 사람은 상대방의 말에 복종하면 그만이지 않냐고 생각하는 사람도 있다. 나는 그런 주장에 동의하기 어렵다. 물론 사랑하는 대상의 말은 경청해야 한다. 그런데 만약 "나는 인생이 너무 힘들어서 죽고 싶어"라고 하면서 자해를 시도하는 애인이 있다면, 그 말을 존중하고 수긍하는 것이 사랑의 방법이 될 수 있을지는 모르겠지만, "그러지 말고 나랑 힘을 내서 열심히 살아가자"라고 답하며 지지와 응원을 보내는 태도가 더 바람직한 사랑의 방법일 수 있다.

자식에 대한 부모의 사랑도 무조건적인 복종과는 거리가 멀다. 웬만한 부모는 자식의 행복을 바란다. 하지만 자식의 말을 마냥 들어주는 것이 최고의 교육법은 아니다. 부모는 자식의 미래를 행복하게 만들어줄 방법을 고민해야 한다. 자식들을 어릴 때부터 조기교육을 시킬까? 자유롭게 놀면서 유년기를 보내도록 하는 편이 나을까? 자식이 돈 안 되는 예술 창작 '따위'를 하겠다고 주장한다면 존중해줘야 할까? 아니면 정신 차리고 안정된 직업을 가지라고 강요하는 편이 나을까? 나는 이런 문제들을 치열하게 고민하는 것이야말로 사랑을 실천하는 방법이라고 생각한다. 요컨대 고뇌는 사랑의 필요충분조건이다.

리버티 VS 프리덤

사랑에 빠진 사람은 자유롭다. "자유"는 영어로 리버티(liberty) 내지는 프리덤(freedom)이라 번역된다. 철학자 슬라보예 지젝(Slavoj Zizek)은 양자를 구별했다.[17] 그에 따르면 리버티는 특정한 상황에서 개인이 선호하는 행동을 할 수 있는 자유이다. 원할 때 외출을 할 수 있는 자유, 점심 메뉴를 선택할 자유, 정부를 비판할 수 있는 자유 등등이 리버티에 속한다. 이는 미학적 실존에 대응한다.

반면 프리덤은 스스로 하나의 원칙을 정하고 그것에 복종하는 태도이다. 만약 "나는 지금 담배를 피겠다"라고 생각한

---

17 슬라보예 지젝, 노윤기 역, 『자유』, 현암사, 2025. 지젝에 대한 관심이 있지만 그의 책이 가진 현학성이 버거운 독자들은 EBS 프로 〈위대한 강의〉의 출현 회차를 참조해도 좋겠다.

사람이 있다면 리버티를 추구하는 것이지만, "나는 무슨 일이 있어도 죽을 때까지 매일 담배를 피겠다"라고 결심한 사람이 있다면(그래서 국가가 담배를 금지하거나 폐암에 걸려도 그 원칙을 고수하는 사람이 있다면) 프리덤을 지향하는 셈이다. 가족의 목숨보다도 신의 뜻을 우선시했던 아브라함은 프리덤의 화신이다. '대한독립'이라는 숭고한 이상을 위해서라면 자신의 목숨까지 바치겠다고 결의했던 독립운동가들 또한 마찬가지이다.

1980년대까지 한국은 국민의 리버티를 제약하는 군부독재 국가였다. 그런데 당시에는 민주화 운동이 한창이었고 '독재 타도'라든가 '노동 해방' 같은 대의를 추구했던 '운동권'들이 시대정신을 대변했다. 리버티가 없는 사회였지만 사람들의 마음에는 프리덤을 향한 열망으로 가득했던 시절이었다. 지금은 리버티가 광범위하게 보장되는 사회인 대신 프리덤을 지향하는 사람들은 희소해졌다. 그런 변화에는 시대적 이유가 있겠지만, 나는 시류를 거슬러 프리덤을 방어하고 싶다.

셰익스피어와 박완서의 작품을 다루면서 언급했듯, 우리

의 욕망은 대부분 타자(사회의 분위기와 타인의 시선)로부터 만들어진다. 이 사회의 구성원들은 누구나 돈을 많이 벌고 싶다는 욕망을 갖고 있다. 충분한 재산을 가진 사람은 편안한 생활을 즐기고 몸에 명품을 걸치며 타인의 부러움을 사게 된다. 돈을 많이 벌려면 의대를 나오거나 대기업에 취직하거나 대형 로펌에 들어가거나… 대충 그런 성공 코스를 밟아야 한다. 이런 조건이 엄존하는 사회에서 구성원들은 대부분 비슷한 목표를 가지고 유사하게 살 수밖에 없다.

반면 프리덤을 추구하는 사람은 남들과 다른 독자성(singularity)을 확보하게 된다. 그들은 자신에게 가장 중요한 원칙을 스스로 세운다. 이 원칙은 남들과 다른 삶을 만들기 위한 원천이 된다. 자신만의 꿈을 가진 사람은 그것을 추구해나가는 과정에서 보람과 행복을 느낀다. 가령 자신이 "신의 뜻을 따르는 사람"이 되겠다고 다짐한 종교인은 신의 뜻을 고민하고 실천하는 방안을 모색하는 과정에서 남들과 다른 사람으로 거듭난다는 성취감을 얻을 것이다.

요컨대 리버티를 추구하는 사람은 그때그때 즉흥적으로

생겨나는 욕망을 충족시키는 것처럼 보이지만 실상 타자(사회)가 규정해놓은 욕망을 따르는 셈이다. 반면 프리덤을 꿈꾸는 사람은 그런 기준을 벗어나서 남들과 다른 인생을 설계할 수 있다. 후자가 일방적으로 낫다는 말은 아니다. 하지만 자신만의 고유한 삶을 찾고 싶다면 리버티에만 매몰되는 삶을 경계할 필요가 있다.

목표의 중요성

뜬금없지만 과거 윤상과 신해철이 함께 만든 프로젝트 그룹 노땐스(Nodance)의 노래 〈달리기〉를 살피고 싶다. 발랄한 전자음에 심오한 가사의 언밸런스가 인상 깊은 노래이다. 1절의 가사를 인용해본다.

지겨운가요 힘든가요 숨이 턱까지 찼나요/할 수 없죠 어차피 시작해 버린 것을
쏟아지는 햇살 속에 입이 바싹 말라와도/할 수 없죠 창피하게 멈춰설 순 없으니

(이유도 없이 가끔은 눈물 나게 억울하겠죠/일등 아닌 보통들에겐 박수조차 남의 일인걸)
단 한 가지 약속은 틀림없이 끝이 있다는 것/끝난 뒤엔 지겨울 만큼/오랫동안 쉴 수 있다는 것

이 노래의 화자는 달리기 선수이다. 러닝에서 희열(runner's high)을 느끼는 변태들도 있다지만 보통 사람들은 트랙을 질주하다가 호흡이 딸리고 무릎이 아파올 때 멈추고 싶다는 유혹에 빠진다. 달리기 주자들은 그런 욕망을 억누르다가 결승선이 시야로 들어온 순간 마지막 스퍼트를 시도한다. 최선을 다한 주자는 완주 이후 지금껏 분투해온 시간을 보상할 만한 성취감을 얻을 것이다.

그런데 이 노래에 공감하지 못하는 사람도 있을지 모르겠다. 남들이 시켜서 수동적으로 달리기 경주에 나간 사람은 전력질주를 하지 않는다. 내가 그랬다. 군대를 가보니 체력측정 프로그램에 달리기 종목이 포함되어 있었다. 3km를 13분 이내에 완주하면 특급이고, 14분 안에 들어가면 1급이며, 15분

30초 이내에 완주하면 2급이었다. 부대의 지휘관은 체력이 중요하다면서 높은 등급을 받으라고 했다. 실제로 직업군인은 좋은 등급을 유지해야 진급에 유리하다는 말이 돌았다. 하지만 나처럼 의무복무를 하는 사람은 높은 등급이 필요치 않았다. 그래서 나는 달리기 준비를 하지 않았고 체력측정 당일에도 설렁설렁 뛰었다.

내 군대 동기 중 몇몇은 좋은 등급을 받기 위해 며칠간 열심히 달리기를 연습했고 체력측정 당일에도 최선을 다했다. 나로서는 이해하기 어려웠다. 잘 뛰어봤자 보상도 없고 무리해서 뛰다가 무릎이나 관절이 다치면 아무도 보상해주지 않을 것인데 열심히 하는 친구들이 한심해 보이기도 했다.

나와 그들의 차이는 목표의 유무에 달려 있다. 군대에서는 최선을 다해서 뛰라고 종용했지만 나는 그 말을 무시했다. 내게 체력측정은 시간 낭비에 불과했다. 그냥저냥 뛰다 보니 어느새 내 등급은 정해져 있었다. 반면 달리기를 열심히 했던 친구들은 "나는 13분 이내에 완주를 하겠다!" 같은 목표를 내면화했다. 목표를 향한 노력은 고통을 동반한다. 대신 그들은

"달리기 특급"이라는 목표에 가까워지는 자신을 상상하며 뿌듯함을 느끼고 결과가 나온 이후에는 성취감을 만끽했을 것이다. 달리기는 지극히 하찮고 사적인 목표이지만, 당신이 영화 〈포레스트 검프〉를 봤다면 아무런 이유도 없이 달리기를 목표로 삼고 뛰어나가는 모습이 감동적임을 알 것이다. 자신이 세운 목표를 착실하게 완수해나가는 사람은 언제나 아름답다.

삶은 기나긴 트랙 위에서 이뤄지는 마라톤에 비유되곤 한다. 이 달리기에는 "틀림없이 끝이 있다는 것"이 확정되어 있다. 어떤 사람들은 나처럼 달리기를 힘들고 지루한 의무로 치부한다. 이 세상에는 너무나 많은 '숙제'들이 있다. 의무를 이행하는 것만으로도 벅차니 낮에는 업무를 하고 밤에는 소파에서 넷플릭스와 유튜브를 뒤척거리면서 심신 안정을 도모할 수밖에 없다고 체념한 사람도 많다. 하지만 그런 삶은 왠지 허무하다. 확고한 꿈을 가진 사람만이 목표를 이뤄나가는 과정에서 성취감과 행복을 쟁취하고 남들과 다른 독자적 삶을 도모할 수 있다.

이쯤에서 『너의 췌장』의 이야기로 돌아가자. 앞서 나는 시한부 선고를 받은 사쿠라가 자유를 지향했다고 했다. 이때의 자유는 리버티와 프리덤 중 어느 쪽일까? 그녀는 즉흥적 욕망에 따르지 않았다. 시한부 선고를 받은 후 그녀는 "죽기 전까지 다른 친구들에게 쾌활한 모습을 연기하기"와 "버킷리스트에 있는 일들을 실행하기"라는 주관적 목표를 세웠다. 그 목표를 이뤄나가는 과정에서 사쿠라는 자신이 "죽을 때까지 주변 사람을 명랑하게 대했던 친구"이자 "버킷리스트를 최대한 실행으로 옮긴 사람"이 되어간다는 사실에 성취감을 느꼈을 수 있다. 타자의 시선을 무시하고 오직 자신이 정한 목표에 충실하려는 근성은 리버티보다 프리덤에 가깝다.

사랑이 다른 사랑으로 잊혀질까?

앞의 챕터에서 나는, "우리는 쉬게 될 거예요"라는 소녀의 위로를 '욜로'와 연결시켜 설명했다. 이제 조금 다른 해석을 시도하고 싶다. 죽음 이후 휴식이 시작된다는 생각은 영혼과 사후세계(천국)가 존재한다는 종교적 인식을 전제로 한다. 러시아의 국교는 천주교를 변형한 러시아 정교회였는데, 이 종교에는 착하고 성실한 사람이 죽은 후 천국으로 간다는 교리가 있었다. 어쩌면 소녀의 말은 종교를 신실하게 믿으면서 남은 삶을 착하게 살아보자는 제안이었을지도 모른다.

바냐는 교수에 대한 사랑이 무너지면서부터 불행해졌다. 만약 교수에 대한 사랑을 신에 대한 믿음으로 대체한다면 다시 행복해질 수 있다. 이 믿음은 무해하다. 소녀의 말대로 바냐가 신을 믿고 성실하게 살아간다고 가정해보자. 사후세계가 존재한다면 그는 천국에 갈 터이니 이득이다. 만약 내세가 존재하지 않는다고 해도, 그 믿음이 교수에게 받은 상처를 회복하고 건실하게 살아갈 계기가 됐다면 손해라고 할 수 없다.

사후세계에 대한 환상을 믿으면서 살아가는 태도가 멍청하다고 반문하는 독자가 있을지 모르겠다. 허나 이 챕터에서 줄곧 이야기해왔듯, 누군가를 사랑하고 믿는다는 말은 그 대상을 추종하는 노예로 전락한다는 뜻이 아니라, 자신의 목표를 스스로 세우고 독자적 삶을 수양한다는 의미로 이해되어야 한다. 다음 챕터에서 살필 작품은 믿음이 주체적 선택의 결과물임을 보여주기에 부족함이 없는 시편이다.

CHAPTER 6

그래도 하늘은 나의 편

나는 이 세상에서 가난하고 외롭고 높고 쓸쓸하니
살어가도록 태어났다

백석「흰 바람벽이 있어」

과연 신을 믿고 하늘의 뜻을 따르겠다고 하는 사람들은 현실을 왜곡할 가능성이 있다.「흰 바람벽이 있어」의 화자만 해도 처량한 자신의 상황이 하늘의 뜻에 부합한다는 변명으로 일관한다. 만약 볼테르가「흰 바람벽이 있어」를 읽었다면 망상을 버리고 현생에 충실하라고 일갈했을지도 모르겠다.

그래도 하늘은 나의 편

「흰 바람벽이 있어」 톺아보기

백석은 한국에서 가장 사랑받는 시인 중 한 명이다. 그의 시는 서사 작품이 아닌 만큼 '배드 엔딩'으로 분류하기 힘들다. 다만 그의 대표작 「흰 바람벽이 있어」는 믿음의 주체성을 방증해준다는 점에서 논의의 참조점이 되어줄 만한 것이다. 전문을 인용해본다.

「흰 바람벽이 있어」

오늘 저녁 이 좁다란 방의 흰 바람벽에

어쩐지 쓸쓸한 것만이 오고 간다

이 흰 바람벽에

희미한 십오촉(十五燭) 전등이 지치운 불빛을 내어던지고

때글은 다 낡은 무명샤쓰가 어두운 그림자를 쉬이고

그리고 또 달디단 따끈한 감주나 한잔 먹고 싶다고 생각하

는 내 가지가지 외로운 생각이 헤매인다

그런데 이것은 또 어인 일인가

이 흰 바람벽에

내 가난한 늙은 어머니가 있다

내 가난한 늙은 어머니가

이렇게 시퍼러둥둥하니 추운 날인데 차디찬 물에 손은 담

그고 무이며 배추를 씻고 있다.

또 내 사랑하는 사람이 있다

내 사랑하는 어여쁜 사람이

어느 먼 앞대 조용한 개포가의 나즈막한 집에서

배드 엔딩이 어때서?

그의 지아비와 마조 앉아 대구국을 끓여놓고 저녁을 먹는다

벌써 어린것도 생겨서 옆에 끼고 저녁을 먹는다

그런데 또 이즈막하야 어느 사이엔가

이 흰 바람벽엔

내 쓸쓸한 얼굴을 쳐다보며

이러한 글자들이 지나간다

— 나는 이 세상에서 가난하고 외롭고 높고 쓸쓸하니 살어가도록 태어났다

그리고 이 세상을 살어가는데

내 가슴은 너무도 많이 뜨거운 것으로 호젓한 것으로 사랑으로 슬픔으로 가득 찬다

그리고 이번에는 나를 위로하는 듯이 나를 울력하는 듯이

눈질을 하며 주먹질을 하며 이런 글자들이 지나간다

— 하늘이 이 세상을 내일 적에 그가 가장 귀해하고 사랑하는 것들은 모두

가난하고 외롭고 높고 쓸쓸하니 그리고 언제나 넘치는 사

랑과 슬픔 속에 살도록 만드신 것이다

　초생달과 바구지꽃과 짝새와 당나귀가 그러하듯이

　그리고 또 '프랑시쓰 쨈'과 도연명과 '라이넬 마리아 릴케'

가 그러하듯이

　차디찬 골방의 하얀 벽(=바람벽)에서 불현듯 늙은 어머니
와 "내가 사랑했던 사람"의 형상이 나오더니 이윽고 자막이
이어진다. "나는 이 세상에서 가난하고 외롭고 높고 쓸쓸하
니 살어가도록 태어났다 (...) 하늘이 이 세상을 내일 적에 그
가 가장 귀해하고 사랑하는 것들은 모두/가난하고 외롭고 높
고 쓸쓸하니 그리고 언제나 넘치는 사랑과 슬픔 속에 살도록
만드신 것이다/초생달과 바구지꽃과 짝새와 당나귀가 그러
하듯이/그리고 또 '프랑시스 쨈'과 도연명과 '라이넬 마리아
릴케'가 그러하듯이"

　빔프로젝터가 없던 시대이니 벽에 비친 이미지와 자막은
화자의 환각에 불과할 것이다. 어머니와 옛사랑의 이미지는
그가 결혼에 실패한 노총각임을 환기하고, 하늘이 "가난하고

높고 쓸쓸"한 삶을 좋아한다는 자막은 그의 처지를 미화시키는 역할을 한다.

요컨대 이 작품은 '실패'한 인생을 살아온 남자가 정신승리법을 통해 자신을 변호하는 내용이라고 할 수 있다. 일찍이 계몽주의자 볼테르(Voltaire)는 소설 『캉디드 혹은 낙관주의』를 통해 종교가 정신 승리법의 도구로 전락할 위험성을 경고했다. 이 작품의 주인공 캉디드는 신이 최선의 방향으로 세상을 운영한다고 믿는다. 그는 노상강도를 당하고 식인종에게 잡아먹힐 위기에 처하는데, 그러면서도 "살아남았으니 다행이다"라고 자위한다거나 "지금 내가 겪은 역경도 하나님은 나름의 뜻이 있어서 준 것이다"라며 합리화한다. 여러 사건을 겪은 이후에야 그는 종교에 실망하고 시골 농부로서 건실한 생활을 시작한다. 이를 통해 볼테르는 '하늘의 뜻'을 신봉하는 낙관주의자들을 풍자하려 했다.[18]

---

18 혹시나 〈신 에반게리온 극장판〉을 본 사람이 있다면, 20세기를 대표하는 애니메이션 프랜차이즈의 최신작에서 『캉디드 혹은 낙관주의』의 주제가 거의 그대로 반복된다는 사실에 경악했을지도 모르겠다.

과연 신을 믿고 하늘의 뜻을 신봉하는 사람은 현실을 왜곡할 가능성이 있다. 「흰 바람벽이 있어」의 화자만 해도 자신의 처량한 신세가 하늘의 뜻에 부합한다는 변명으로 일관한다. 만약 볼테르가 「흰 바람벽이 있어」를 읽었다면 화자에게 망상을 버리고 현생에 충실하라고 일갈했을 것이다.

물론 이런 충고는 그다지 도움이 되지 않는다. 「흰 바람벽이 있어」의 화자는 직업을 구하기에 적합한 전문능력을 갖추지 못한 채 결혼 적령기를 지난 노총각이다.(참고로 이 시를 집필할 당시 백석도 정확히 같은 상황이었다.) 이런 사람이 갱생을 원한다고 한들 건실한 직업을 갖고 새로운 사랑을 찾으리라 기대하기는 힘들다. 하물며 과거에 떠나보냈던 옛사랑과 재결합은 더더욱 언감생심이다.

「흰 바람벽이 있어」의 화자는 바냐 아저씨와 비교 대상이 될 만하다. 그들은 한때 무언가를 사랑했다. 바냐는 교수에 대한 '사랑'에 염증을 느낀 후 멍청하게 살아온 과거를 자책하고 비애에 빠졌다. 반면 「흰 바람벽이 있어」의 화자는 동물(당나귀)과 문학을 사랑했다. 그 사랑의 여파 때문인지 현재 그는 궁색한 처지가 됐다. 그가 바냐의 성격이라면 이렇게 한탄했을 수 있다. "내가 쓸데없이 당나귀와 문학을 사랑하지 않고 취직과 연애에만 집중했다면 지금쯤 건실한 가정을 꾸리고 행복해졌을 텐데!" 허나 「흰 바람벽이 있어」의 화자는 절망하는 대신 자신의 사랑을 포기하지 않겠다고 선언했다. 사랑에 충실한 그는 자신의 삶이 하늘의 뜻에 부합한다는 확신을 얻는다. 어느 쪽이 나은 삶인지는 모르겠으나 최소한 바냐보다 「흰 바람벽이 있어」의 화자가 행복하다고는 할 수 있다.

지금까지의 논의를 충실하게 따라온 독자들이라면, 「흰 바람벽이 있어」의 화자는 수동적으로 신의 뜻에 맹종하는 것이 아니라 주체적으로 '신의 뜻'을 해석하는 점이라든가 이는 종교적 실존 내지는 프리덤에 결부된 삶이라는 점 등등을 간파했을 것이다. 따라서 이 작품에 대한 설명을 장황하게 늘어놓지는 않겠다. 대신 나는 다른 문제를 다루고 싶다. 가혹하게 평하자면 이 작품은 패배자(loser)의 자기변명에 불과하다. 현실에 「흰 바람벽이 있어」의 화자가 존재했다면 남들의 비웃음을 사기 십상이었을 것이다. 그래도 이 작품의 독자는 그의 삶이 아름답다는 생각을 하게 된다. 어떻게 패배자의 넋두리가 이토록 감동적일 수 있는가? 시의 장르적 특징을 고려하며 이 질문에 답해보겠다.

실패한 사랑의 기록

시는 아름다운 언어를 통해 감동을 주는 예술이다. 그렇다면 어떤 언어가 아름답고 감동적인가? 나는 타자의 눈을 신경 쓰지 않고 가슴에서 솟구친 '사랑'에 충실한 사람의 언어라고 생각한다.

한국의 국민시인 김소월과 한용운이 그 점을 예증한다. "나 보기가 역겨워/가실 때에는/말없이 고이 보내드리오리다"라고 시작하는 김소월의 「진달래꽃」을 생각해보라. 인용한 구절에서 암시되듯 화자는 연애에 실패했다. 이제 그는 사랑하는 사람에게 맘편히 떠나라고 하는 중이다. 하지만 이 작품을 완독하고 나면, 그가 이별을 쿨하게 수용하는 척하면서 내심 사랑을 이어가고 있음이 드러난다. 한용운의 『님의 침묵』에 수록

된 작품 또한 침묵하는 "님"에 대한 사랑을 담아내고 있다.[19] 우리는 이들의 '사랑'을 보면서 아름다움을 느낀다.

물론 건강한 삶을 추구하는 사람은 끝나버린 사랑에 연연하지 말아야 한다. 요즘에는 과거의 애인을 스토킹하거나 리벤지 포르노를 유포하는 사례가 알려지면서, 이별 이후 질척대는 사람들을 경계하는 세태가 예전보다 강해졌다.[20] 하지

---

19 만약 당신이 시에 익숙지 않은 독자라면 발라드 장르의 대중가요를 생각해봐도 좋다. 요즘은 한국 가요 시장이 K-POP 댄스곡과 트로트로 양분되면서 넓은 세대를 감정적으로 아우르는 발라드가 희소해졌다. 그래도 당신이 기억하는 발라드가 있다면, 대부분은 사랑이 이뤄지지 않은 상황에서 간절한 사랑의 마음을 표현하는 가사일 것이다. 가령 몇 년 전 인기를 끌었던 윤종신의 〈좋니〉는, 헤어진 연인이 새로운 사랑을 시작했다는 소식을 접한 화자가 "사랑을 시작할 때 네가 얼마나 예쁜지 모르지" 운운하며 미련을 보이다가 "내 십분의 일만이라도 아프다 행복해 줘"라는 절규로 끝맺는다. 노랫말의 화자가 떠나간 연인과 재결합할 확률은 극히 낮다. 상황이 이렇다면 새로운 인연을 찾는 편이 나을 듯한데, 그는 혼자 애절한 마음을 표현하고 있다. 기약 없는 사랑을 이어나가는 사람의 모습을 통해 감동을 준다는 점에서 이 노래의 가사는 시적(詩的)이다. 물론 모든 노래가 이런 스타일의 가사인 것은 아니다. "나는 이제 너와 연애를 시작하게 되어서 너무 행복하다"라고 자랑하는 댄스가수가 있고 "나는 돈이 많고 이성에게 인기도 많아!"라며 자랑하는 힙합가수도 있다. 하지만 이들의 노래는 흥겹고 멋있을 수 있을지언정 발라드 가요처럼 '시적'이지는 않다.

20 다만 저딴 범죄행위를 저지른다거나 헤어진 연인을 불편하게 만드는 사람이 있다면, 그가 상대방을 '사랑'한다고 말하기는 힘들 것이다.

만 나는 이뤄질 수 없는 사랑을 가슴속에 간직하고 살아가는 태도야말로 가장 아름다운 감정 중 하나라고 변호하겠다.

이유는 간단하다. 인간은 항상 자신의 이득을 도모하는 동물이다. 그래서 이해득실을 벗어난 행위를 볼 때 우리는 진실성을 느낀다. 가령 감시카메라가 보이는 도로에서 교통 법규를 지키는 사람보다는, 카메라와 목격자가 없는 길에서 법규를 지키는 사람이 진정성 있게 느껴진다. 진심어린 마음은 아름답다. 1990년대에 〈이경규의 양심냉장고〉라는 프로그램을 본 연배의 독자들이라면, 아무도 없는 야밤의 도로에서 교통신호를 지키는 사람이 존재한다는 사실 자체가 감동적일 수 있음을 알 것이다. 연애 관계에 대해서도 같은 기준으로 판단이 가능하다. 사랑했던 여자가 죽은 이후 종종 그녀가 생각날 때마다 묘지를 가서 헌화하는 남자의 모습은 감동적이다. 반면 자신이 좋아하는 여성에게 고백하러 가는 길에 꽃다발을 산 남자의 모습은 덜 아름답다. 전자는 순수한 사랑의 발현이겠지만, 후자는 상대방과 연애라는 목적을 위한 수단으로 꽃을 활용한 듯하기 때문이다. 이런 기준으로 보면, 김소월과 한용운의 애절한 시는 사랑을 속삭이는 연인들의 말보다 진실하고 아름답다고 할 수밖에 없다.

　지금껏 나는 연애 관계를 다룬 시편들만 언급했지만, 이와는 다른 형태의 사랑을 담아낸 작품들도 있다. 가령 한반도가 일본의 식민지였을 때 독립에 대한 염원을 표현한 작품들은 순수한 사랑을 담아냈다고 평가할 수 있다.[21] 「흰 바람벽이 있어」 또한 순수한 사랑을 현시한다. 이 작품의 화자는 당나귀와 선배 시인들에 대한 사랑을 간직하며 "가난하고 높고 쓸쓸한" 존재로 남으리라 결심했다. 이 결단은 경제적 이득을 줄 수 없다. 지금은 시인들도 대학에 취직하거나 외부강의를 다니면서 생계를 유지할 수 있다지만, 백석의 시대에는 직업시인이 전무했다. "부유하고 천박하고 화려한" 삶을 유도하는 사회이지만 이 작품의 화자는 자신만의 가치를 추구했다. 그 모습은 현재의 독자들도 감동시킬 만한 매력이 있다.

21　한용운의 시는 기본적으로 사랑하는 연인에 대한 마음을 표현한 것이지만, 절대자에 대한 마음이라든가 대한독립에 대한 바람을 담은 것으로 읽히기도 한다. 생각해 보면 연인에 대한 사랑은 신(부처님)에 대한 사랑이나 조국에 대한 사랑과 별로 다르지 않은 것일지도 모르겠다.

백석은 좋은 집안에서 태어나지 않았음에도 장학금을 받아가며 고급 교육을 마친 엘리트였다. 출세를 할 수도 있을 법한 스펙을 갖췄으나 그는 부유하게 살지 못하고 결혼에도 실패했다. 「흰 바람벽이 있어」는 2차 세계대전이 진행 중이고 조선인들이 창씨개명을 강요받던 1941년에 발표됐다. 사회적으로 보나 개인적으로 보나 암울한 때였는데 백석은 그런 여건을 다루지 않은 채 "가난하고 높고 쓸쓸한" 삶을 운명으로 수용한 남자의 사연을 기록했다. 이 작품은 그렇게 엄혹했던 상황에서도 예술에 대한 사랑을 이어간 사람이 존재했음을 담담하게 증언한다.

이후에도 백석의 삶은 순탄치 않았다. 그는 본래 평안도 출신이었고 분단 이후에도 북한을 떠나지 않았다. 북한은 자유로운 예술창작을 금했다. 백석은 동시 창작과 번역 등을 시도해봤지만 운신의 폭은 좁아졌다. 그의 삶은 끝까지 '실패'한 셈이었다. 분단된 한반도에서는 그보다 더 비참하고 치욕적인 경험을 한 예술인들도 많으니 백석을 유별나게 동정할 필요는 없다. 허나 그가 이후 자신의 기량을 온전히 뽐내지 못했다는 사실은 안타깝다. 하지만 양보다는 질이 중요한 법. 그의 작품 「남신의주 유동 박시봉 방」은 2024년 대한민국 시인들이 꼽은 "지난 100년, 가장 좋아하는 국내시 5편"에서 1위로 뽑혔다. 별다른 설명 없이 전문을 인용해본다.

「남신의주 유동 박시봉 방」

어느 사이에 나는 아내도 없고, 또,

아내와 같이 살던 집도 없어지고,

그리고 살뜰한 부모며 동생들과도 멀리 떨어져서

그 어느 바람 세인 쓸쓸한 거리 끝에 헤매이었다.

바로 날도 저물어서,

바람은 더욱 세게 불고, 추위는 점점 더해 오는데,

나는 어느 목수(木手)네 집 헌 삿을 깐,

한 방에 들어서 쥔을 붙이었다.

이리하여 나는 이 습내 나는 춥고, 누긋한 방에서,

낮이나 밤이나 나는 나 혼자도 너무 많은 것같이 생각하며,

딜옹배기에 북덕불이라도 담겨 오면,

이것을 안고 손을 쬐며 재 우에 뜻 없이 글자를 쓰기도 하며,

또 문 밖에 나가지도 않구 자리에 누워서,

머리에 손깍지 벼개를 하고 굴기도 하면서,

나는 내 슬픔이며 어리석음이며를 소처럼 연하여 쌔김질하
는 것이었다.

내 가슴이 꽉 메어 올 적이며,

내 눈에 뜨거운 것이 핑 괴일 적이며,

또 내 스스로 화끈 낯이 붉도록 부끄러울 적이며,

나는 내 슬픔과 어리석음에 눌리어 죽을 수밖에 없는 것을
느끼는 것이었다.

그러나 잠시 뒤에 나는 고개를 들어,

허연 문창을 바라보든가 또 눈을 떠서 높은 턴정을 쳐다보
는 것인데,

이때 나는 내 뜻이며 힘으로, 나를 이끌어 가는 것이 힘든 일
인 것을 생각하고,

이것들보다 더 크고, 높은 것이 있어서, 나를 마음대로 굴려
가는 것을 생각하는 것인데,

배드 엔딩이 어때서?

이렇게 하여 여러 날이 지나는 동안에,

내 어지러운 마음에는 슬픔이며, 한탄이며, 가라앉을 것은 차츰 앙금이 되어 가라앉고,

외로운 생각만이 드는 때쯤 해서는,

더러 나줏손에 쌀랑쌀랑 싸락눈이 와서 문창을 치기도 하는 때도 있는데,

나는 이런 저녁에는 화로를 더욱 다가 끼며, 무릎을 꿇어 보며,

어니 먼 산 뒷옆에 바우 섶에 따로 외로이 서서,

어두워 오는데 하이야니 눈을 맞을, 그 마른 잎새에는,

쌀랑쌀랑 소리도 나며 눈을 맞을,

그 드물다는 굳고 정한 갈매나무라는 나무를 생각하는 것이었다.

인터미션
오이디푸스를 위한 변명

앞서 나는 「오이디푸스 왕」의 '운명론'이 현대인의 구미에 맞지 않음을 지적했다. 몇 개의 작품과 개념을 살펴본 지금, 이 작품에 대한 평가를 갱신할 필요를 느낀다. 앞의 챕터들에서 논의하지 못했던 몇 가지 사항을 정리하고 「오이디푸스 왕」을 재독하겠다.

주석1. 서사 작품도 위대한 사랑을 그려낼 수 있다

나는 시가 순수한 사랑을 간절하게 읊어낸 장르라고 정의했다. 서사 작품도 같은 지향을 가질 수 있다. 피츠

제럴드(F. Scott Fitzgerald)의 『위대한 개츠비(The Great Gatsby)』가 대표적인 사례이다. 레오나르도 디카프리오(Leonardo DiCaprio) 주연의 영화로도 알려진 이 작품은, 어마어마한 자산가 개츠비가 유부녀가 된 첫사랑 데이지를 사랑한 대가로 죽는다는 다소 허무한 줄거리를 갖고 있다. 데이지는 개츠비의 호감 표시를 짐짓 달가워하면서도 가족을 버리고 이혼이나 도주를 감행할 의지는 갖추지 못한 여성이다. 설사 그녀가 이혼을 원한다 치더라도 이 작품이 출간될 당시 여성은 남편의 동의를 얻어야만 이혼이 가능했다. 데이지의 남편은 이혼 생각이 없었으니 개츠비의 사랑은 실패할 '운명'이었던 셈이다.

자본주의 사회에서는 사랑도 사고판다. 만약 부유한 개츠비가 마음만 먹었다면 데이지보다 매력적이고 성격도 괜찮은 애인을 사귈 수 있었을지 모른다. 그럼에도 개츠비는 자신이 사랑했던 상대에게만 충실했다. 만약 개츠비가 실존인물이었다면, 첫사랑을 잊지 못해서 멍청한 개죽음을 당한 졸부라고 비웃음을 샀을 것이다. 실제로 『위대한 개츠비』의 결말 부분을 보면 개츠비를 장례식에서 추모한 사람이 거의 없었다고 묘사된다. 그런데 이 소설을 읽다 보면, 실패할 수밖에 없는 사랑을 일관되게 지켜내는 것이야말로 인간의 고유한 능력이고, 그 능력을 온전히 발휘했던 개츠비는 '위대'한 사람일지도 모르겠다는 생각을 하게 된다.[22] 따라서 많은 시가 그렇듯 피츠제럴드의 소설도 '실패한 사랑'을 아름답게 그려낸 경우라고 평가할 수 있다.

주석2. 부조리를 이해하는 두 가지 방법

이 책의 서두에서 언급했듯 고대와 중세의 사람들은 세상이 신의 뜻대로 운영되며 인간은 사전에 정해진 운명을 따라야 한다고 생각했다. 이제 그 생각이 타당한지를 조금 더 구체적으로 따질 때가 됐다. 논의에 앞서 '부조리'(absurdity)라는 개념을 소개하고 싶다. 이 단어는 인간의 이성으로 예상할 수 없는 일, 논리로 설명할 수 없는 일을 지칭한다.

우리는 살면서 종종 부조리한 일을 경험한다. 고대인들은 신화를 통해 부조리를 설명하려고 했다. 가령 그 시대에는 일출과 일몰이 생기는 이유가 과학적으로 밝혀지지 않았다. 그러니까 당시에는 아침마다 해가 뜨고 저녁에 해가 지는 현상이 부조리하게 느껴졌을 수 있다.[23] 그리스로마신화는

---

22 실패할 수밖에 없는 사랑을 이어가는 사람은 언제나 아름답지만, 모든 사랑이 정당한 것은 아니다. 확고한 목표를 가지고 열심히 살아가는 사람들도 옳지 않은 행동을 할 수 있다. 꽤 많은 서사 작품들이 그 점을 예증한다. 장 콕토(Jean Cocteau)의 『앙팡 테리블(Les Enfants Terribles)』, 영화 〈우리에게 내일은 없다.(Bonnie and Clyde)〉와 〈스카페이스(Scarface)〉 등등이 대표적 사례이다. 이 작품들의 주요인물은 정신병자 내지는 범죄자에 가까운 성격을 가진 채 자신들의 '자유'를 추구한다. 그들은 마땅히 비난받을 만한 행동을 저지르지만, 이 작품들을 보면 그들의 자유로운 삶이 근사해 보이고 심지어 감동적이기도 하다. 그래서 이 작품들은 범죄자를 미화한다는 윤리적 비판을 받기도 했다. 이 문단에서 거명한 작품들은 연식이 있는 것들이니 상술하지 않겠지만, 요즘 독자들에게도 익숙할 만한 영화 〈조커(Joker)〉에 대해서는 조금 더 길게 이야기해보고 싶기도 하다. 이 작품의 내용인즉, 장애와 망상증이 있던 불우한 중년 남성 아서 플렉이 온갖 핍박에 시달리다가 악당 '조커'로 변복하면서 세상을 향해 복수한다는 것이다. 이 영화의 하이라이트 장면에서 범죄자로 각성한 조커는 계단에서 요란한 춤을 추면서 해방감을 만끽한다. 그가 범죄자임을 아는 관객들도 이 장면을 볼 때만큼은, 조커가 억압으로부터 잠시나마 해방되어 자유를 만끽하는 모습에 공감하게 된다. 그래서 조커를 동정적으로 보는 관객들이 많이 있었고, 미국에서는 이 영화가 범죄자를 미화한다는 논란이 생기기도 했다. 〈조커〉의 후속작을 보면 영화의 감독은 조커를 자유로운 '영웅'이 아니라 그저 미친 범죄자에 불과하다고 생각했던 듯하지만, 꽤 많은 관객들은 감독의 뜻을 거슬러 조커를 자유로운 사람으로 이해해주려 했다. 이 사례에서 알 수 있듯 우리는 서사작품에서 자유롭게 살아가는 주체적 인물을 볼 때 어느 정도 공감하게 된다. 그렇다면 '악인의 서사'를 동정적으로 그리는 것이 타당하냐는 문제도 고민해볼 필요는 있겠다는 생각이 들기도 한다.

이 부조리를 간단히 해명한다. 태양을 상징하는 신 헬리오스 (Helios)가 전차를 타고 새벽마다 동쪽에서 솟아오르고 저녁에는 서쪽으로 내려가는데, 그 모습이 사람의 눈에는 일출과 일몰로 보인다는 것이다. 이 사례가 방증하듯, 고대인들은 인간보다 위대한 신화적 존재들이 세계의 질서를 조율하고 있으며, 인간은 그 질서를 '운명'으로 받아들여야 한다고 믿었다. 이런 태도는 '운명론'이라고 불린다.

한편 근대사회가 되면서 과학기술은 엄청난 속도로 발달했다. 하지만 아직은 과학이 규명하지 못한 문제가 남아 있다. 가령 지구에 생명체가 처음 생겨난 이유는 확실하지가 않다. 하지만 현대인들은 미지의 문제를 접할 때, 굳이 신화를 동원하지 않고 그냥 인류가 아직 밝히지 못한 문제가 있다고

---

23 어쩌면 하늘에 태양이 존재한다는 사실 자체가 신비하고 '부조리'한 것이었을지도 모르겠다. 그래서 중세 이전까지는 많은 문화권에서 태양을 의인화시켜 설명했다. 이집트에서는 태양신 라(Ra)를 숭배했고, 한국에는 "떡 하나 주면 안 잡아먹지"라고 협박하는 호랑이를 피해 승천한 오누이가 해와 달이 되었다는 전래동화가 지금까지도 전승 중이다. 중국에서는 원래 10개의 태양이 있었는데 활을 잘 쏘던 왕이 9개를 사격으로 떨어트려서 하나만 남았다는 신화가 있었다. 이런 이야기들은 "왜 태양이 존재할까?"라는 질문에 답을 제시해준다.

배드 엔딩이 어때서?

만 생각한다. 이렇듯 "우리가 아직 알 수 없는 문제"가 존재한다고 인정하는 태도는 "불가지론(不可知論)"이라고 불린다.

자연현상을 설명할 때에는 불가지론이 운명론보다 우월하다. 그렇다면 사회의 부조리를 설명할 때에는 어떨까? 고대 사회에는 신분제가 존재했다. 노예의 아들은 노예로 자라고 왕의 아들은 왕자가 될 운명이었다. 신화는 당시의 '부조리'한 사회를 정당화시켜줬다. 고대의 신화는 왕족이 유별난 혈통을 지녔다고 추앙한다. 가령 고조선을 건국한 단군은 신(환웅)과 곰(웅녀) 사이에서 태어났기 때문에, 마땅히 남들을 지배할 권리가 있다고 설명됐다. 옆 나라 일본에서는 지금도 "천황 폐하"가 신의 자손이라고 주장한다. 중세 유럽에서는 하나님이 삼라만상을 관장한다는 교리가 통용됐고, 그래서 신의 뜻을 해석하는 종교인들은 무한한 권력을 행사했다. 이때 운명론은 불평등한 사회를 정당화하는 이데올로기로 기능했다.

오늘날 신분제는 사라졌다. 하지만 사회의 부조리와 불평등은 여전하다. 재벌집 자재는 부유하게 살아갈 것이며 빈곤

한 가정에서 태어난 아이는 웬만하면 신분상승이 불가능함을 다시 문제 삼고 싶지는 않다. 팔레스타인에서 태어난 아이들은 유년기에 언제 어디서든 죽을 수 있다. 강대국의 국민도 안전을 보장받지는 못한다. 미국에는 의료비가 없어서 적절한 치유를 받지 못해 사망하는 환자들이 많다. 이런 사회구조가 부조리하다는 사실을 외면해서는 안 된다. 불평등은 자본주의의 불가피한 파생물이며 자본주의가 최선의 경제체제니까 그 정도 부작용은 감수해야 한다고 합리화하지 말자는 것이다. 그런 식으로 설명하면 자본주의 체제는 과거의 종교와 같은 역할을 하게 된다.

요컨대 자연현상과 사회문제에서 부조리한 사안이 있다면 운명론으로 도피하지 말아야 한다. 하지만 인간의 마음을 설명할 때에는 다른 관점이 필요하다. 인간의 생각과 행동은 비합리적이다. 특히 사랑은 극도로 부조리한 감정이다. 물론 합리적 분별에 입각하여 사랑을 하려는 사람도 있다. 그런데 자신이 원하는 외모, 성격, 경제적 능력에 맞는 상대방만을 선별해서 연애를 한 후 건실한 후보와 결혼하려는 사람은 호혜적 계약을 한 것이지 '사랑'을 했다고 보기 어렵다. '사랑'이란 자신의 안위와 남들의 시선을 무시하고 싶어질 만큼 상대방에 대한 호감이 커지는 불가해한 상태를 지칭하는 말이다.

하나의 가정을 해보자. 당신이 이상형과 거리가 멀고 아쉬운 조건을 가진 사람을 사랑하게 됐다면 어떻게 대처하겠는가? 생각할 수 있는 3가지 답이 있다. 첫째는 "저런 사람과 연애하면 남들이 나를 무시하고 내 인생은 피곤해질 것이다"라는 이성적인 판단에 입각하여 자신의 사랑을 억누르는 것, 두 번째는 "나는 내 사랑의 이유를 알 수 없다"고 생각하는 불가지론을 시전하는 것, 세 번째는 자신의 사랑이 거부할 수 없는 '운명'이라고 믿으며 운명론을 받아들이는 것이다. 가장 합리적인 선택지는 첫 번째이다. 나는 그런 선택지를 고르려는 사람도 힐난하고 싶지 않다. 이 각박한 세상에서는 타산적 사랑을 강요받는 사람도 존재할 수 있을 것이다. 하지만 이렇게 엄혹한 세상이니 오히려 제대로 된 사랑을 경험해보고 싶은 사람이 있다면 결국 불가지론과 운명론 중 하나를 골라야만 한다.

이 상황에서 고대인들은 운명론에 경도됐을 확률이 높다. 앞서 언급했듯 고대 그리스인들은 예상치 못한 사랑에 빠졌을 때, 자신은 큐피트의 화살을 맞았기 때문에 그 사랑을 '운명'으로 받아들여야 한다고 믿었다. 물론 신화를 믿지 않는 현대인은 그렇게 불합리한 설명을 수용할 수 없다. "나는 사랑에 빠졌지만 사랑의 원인은 모르겠다"라고 하면서 불가지론으로 도피하는 쪽이 온당한 판단으로 보일 만하다.

하지만 사랑을 오랫동안 유지하기 위한 방책으로는 불가지론보다 운명론이 우월하다. 뜨거운 열정으로서의 사랑은 언젠가 소진되기 마련인데, 불가지론자는 사랑의 열도가 낮아진 순간 관계를 유지할 동력을 잃는다. 반면 자신의 사랑을 거부할 수 없는 운명으로 받아들인 사람은, 자신의 책임감이 없어질 때까지 최선을 다해 소명을 이어갈 것이다. 「엄마의 말뚝 1」을 다루면서 언급했듯, 현재 한국에서 가장 굳건한 사랑은 자식에 대한 부모의 사랑이다. 호감을 기반으로 만들어진 인간관계는 변심에 취약하지만, 자식에 대한 사랑을 '운명'으로 받아들인 부모의 마음은 굳건한 것이다.

사랑은 불합리한 결단을 포함한다. 다만 인간의 부조리성은 타인을 사랑할 때에만 발현되지 않는다. 살다 보면 불현듯 뭔가를 하고 싶다는 열정이 생기는 순간이 온다. 그런 때에는 자신의 불가해한 열정을 '운명'으로 받아들여야만 올곧은 삶으로 나아갈 수 있다. 가령 3.1운동을 주도하고 옥중에서 투쟁을 이어간 유관순 열사는 극히 '비합리적'인 행동을 한 셈이었다. 1910년대의 상황을 생각해보면, 고급교육을 받은 여성들로서는 식민지가 된 한반도의 상황 따위는 못 본 체하고 성공한 남편을 만나서 여유 있게 사는 것이 '합리적'인 선택지였을 것이다. 허나 그녀는 "한반도의 독립을 위해 목숨 바쳐 싸우겠다"라는 부조리한 감정을 갖게 됐다. 인간에게 가장 중요한 목표는 생존이다. 정의롭게 살겠다고 다짐하기는 어렵지 않지만, 정의를 수호하겠다는 '운명'을 의식하지 않는 불가지론자는 자신의 목숨을 버리면서까지 투쟁을 이어갈 수 없다. 따라서 유관순 열사는 자신의 애국심과 투쟁의지를 일시적 감정으로 치부하지 않고, 그것을 운명으로 받아들였을 것이라 추측된다.

주석3. 「오이디푸스 왕」 다시 읽기

앞서 언급했듯 「오이디푸스 왕」의 교훈은 '운명'에 순종하라는 것이다. 실제로 오이디푸스는 저주받은 운명으로 인해 몰락했다. 그런데 '운명을 따르라'(Amor fati)는 이 작품의 핵심 메시지는 다른 의미를 가질 수 있다. 오이디푸스는 정의로운 인물이었다. 그는 코린토스에 남았다면 왕이 되었을 것인데도 폐륜범이 되지 않겠다는 선한 의도로 가출했다. 테베의 왕이 된 후 그는 자신에 대한 수사를 거부하지 않았다. 한국의 대통령 중 한 명은 2024년까지 자신과 아내가 비리에 연루되었을지 모른다는 의문 때문에 제기된 특검에 줄곧 거부권을 행사하고 군부까지 동원했다. 자본주의 국가에서 '자유민주주의'를 주창하는 인간이 그 정도의 권리를 보장받는데, 고대 그리스에서 왕이 가진 권력이 그보다 약하지는 않았을 것이다. 허나 오이디푸스는 자신의 죄가 확실해질 때까지 수사를 계속했고, 진실이 밝혀진 후에도 책임을 회피하지 않았다. 달리 말하면 그는 자신이 몰락하더라도 양심, 정의감, 애민정신 등등을 지키려고 했다. 이런 덕목들을 지키는 것을 '운명'으로 받아들인 사람이 아니고서야 그 정도 희생을 감당하지 못했을 것이다.

자신의 인생관을 결정하고 '운명'으로 끌어안은 사람은 아름답다. 물론 「오이디푸스 왕」은 저주받은 인간이 부친살해와 근친상간을 하게 된다는 뜨악한 줄거리를 가진 작품이지만, 이 설정을 용인할 수 있는 독자들이라면 그 속에서 올곧게 정의만을 추구하고자 했던 숭고한 인간의 모습을 발견하게 된다. 「오이디푸스 왕」이 여전히 감동적인 고전으로 평가받는 이유이다.

이 대목에서 우리는, 고대/중세 사회에서 운명을 따른다는 말이 타자(사회적 규칙, 종교적 교리 등)의 언명에 순종한다는 의미에 불과하지 않고, 또한 자신이 선택한 '운명'을 수호하겠다는 결단이기도 했음을 확인하게 된다. 오이디푸스는 하늘이 정해놓은 운명으로 인해 파멸한 패배자이면서 또한 자신이 주체적으로 결정한 운명에 충실한 영웅이기도 했다. 현대인은 사전에 정해진 운명을 따라야 한다는 이 작품의 전제를 받아들이기 힘들다. 하지만 자신의 '운명'을 스스로 결정하고 오롯이 실천하는 오이디푸스의 결기만큼은 여전히 본받을 필요가 있다.

디즈니 애니메이션이라든가 마블의 히어로 영화는 선량한 영웅이 행복해진다는 권선징악 줄거리이다. 이를 통해 관객은 "착하게 살면 복을 받는다"라는 교훈을 얻을 수 있다. 하지만 몇몇 순진한 어린이들을 제외하면 그런 교훈을 믿는 사람은 드물다. 세상을 살다 보면 선량한 사람이 항상 복을 받는 것은 아니고, 비굴하거나 사악한 사람이 평안한 삶을 누릴수도 있음을 알게 된다. 해피 엔딩인 서사가 성숙한 어른에게 줄 수 있는 것은 짧은 대리만족의 기쁨뿐이다.

비극의 경우는 다르다. 「오이디푸스 왕」을 읽은 독자는 ① 정의를 추구한 영웅조차 의지와 노력으로 극복 불가능한 불행을 마주할 수 있다는 엄혹한 사실을 깨닫고 ② 몰락할 '운명'을 타고난 사람들조차도 자신의 운명을 만들어 나갈 수 있음을 확인하며 ③ 자신이 결정한 운명대로 살다간 사람들은 설사 불행한 최후를 맞이하게 되더라도 아름다워 보일 수 있다는 점을 감동적으로 느끼게 된다. 이것이 비극의 '교훈'이다.

CHAPTER 7

말할 수 없는 것에 대해선 침묵할 것

살아남은 자는 죽은 자를 계속 기억해.
어떤 형태로든.

하마구치 류스케 〈드라이브 마이 카〉

요컨대 〈드라이브 마이 카〉의 주제는, 사랑하는 대상의 부조리한 행위도 이해
해줘야 한다는 것이다. 예술작품을 접할 때에도 같은 태도를 견지해야 한다. 우
리는 종종 특정한 예술작품(문학, 음악, 미술, 영화 등)에 매료된다. 그런데 우리
가 사랑하게 된 작품 중에는 논리적으로 해석하기 어려운 것들도 있다. 하지만
본래 인간은 부조리한 존재이며 따라서 인간의 정수를 담아낸 예술 또한 부조리
할 수 있음을 인정해야 한다.

말할 수 없는 것에 대해선 침묵할 것

〈드라이브 마이 카〉 톺아보기

하마구치 류스케(濱口竜介)는 한국에도 많은 팬을 보유한 영화감독이다. 이번 챕터에서는 그의 영화 〈드라이브 마이 카〉(이하 〈드마카〉로 약칭)를 다루겠다. 〈드마카〉의 러닝타임은 약 3시간이다. 영화가 시작한 지 40분 정도 지날 무렵 배우/감독 이름과 함께 제목(타이틀)이 나오는데, 이를 기점으로 앞과 뒤를 각각 오프닝과 본편이라고 하겠다. 참고로 영화의 뒷부분에서는 한국에서 찍은 짧은 에필로그가 있는데, 이 글은 그 부분을 다루지 않을 것이다.

〈드마카〉의 오프닝은 가후쿠와 오토 부부의 이야기이다. 이들은 세련된 선남선녀에 연극계에서 인정받는 재원들이며 서로 대화도 잘통하는 성숙한 부부였다. 이들의 딸은 4살 때 죽었다. 부부는 그럭저럭 상처를 극복하고 건실한 관계를 회복한 듯했다. 그런데 어느 날 가후쿠는 아내가 집에서 다른 남자와 섹스하는 모습을 봤다. 너무 당황해서일까. 그는 자신이 목격한 것을 함구했다. 얼마 후 오토는 가후쿠에게 중요한 이야기를 하겠다며 일찍 돌아오라고 했다. 가후쿠는 머뭇거리다가 늦게 귀가했다. 집에 들어가 보니 오토는 지병으로 죽어 있었다.

영화의 본편은 그로부터 3년 후의 이야기이다. 죽은 오토에 대한 상실감과 죄책감을 안고 살아온 가후쿠는 후쿠시마에서 연극 연출을 하면서 젊은 여성 운전사 미사키와 교감하고 상처를 치유한다. 미사키가 가후쿠를 위로하며 건넨 말은 다음과 같다. "가후쿠 씨는 오토 씨를… 오토 씨의 그 모든 것을 진짜로 받아들이는 것이 그렇게 힘든가요? 오토 씨에겐 수

수께끼가 없었잖아요. 그냥 그런 사람이라 생각하는 게 어려운가요? 가후쿠 씨를 진정 사랑한 것도, 다른 남자를 끝없이 갈망한 것도, 어떤 거짓과 모순도 없다고 저는 생각하는데요. 이상한가요?" 가후쿠는 이렇게 답한다. "나는 제대로 상처받았어야 했어. 진실을 지나치고 말았어. 실은 깊은 상처를 받았지. 곧 미쳐 버릴 정도로. 하지만 그렇기 때문에 계속 못 본 척했어. 나 자신에게 귀를 기울일 수 없었어. 그래서 난 오토를 잃은 거야. 영원히. 그걸 지금 알았어. 오토가 보고 싶어. 만나면 화를 내고 싶어. 책망하고 싶어. 나에게 계속 거짓말한 걸. 사과하고 싶어. 내가 귀를 기울이지 않은 걸. 내가 강하지 못했던 걸. 돌아와줬으면 좋겠어. 살아줬으면 좋겠어. 다시 한 번 이야기를 하고 싶어. 오토를 보고 싶어. 하지만 이제 늦었어. 되돌릴 수 없어.(...) 살아남은 자는 죽은 자를 계속 기억해, 어떤 형태로든. 그게 계속되지. 나와 너는 그렇게 살아갈 수밖에 없어… 우린 틀림없이 괜찮을 거야."

가후쿠가 히로시마에서 연출한 작품은 체호프의 「바냐 아저씨」이다. 이 설정은 〈드마카〉가 「바냐 아저씨」의 오마주임을 암시한다. 앞서 살폈듯 「바냐 아저씨」는 교수에 대한 '사랑'이 깨지면서 환멸을 느낀 바냐가 소냐의 위로를 듣는 장면으로 끝맺었다. 반면 〈드라이브 마이 카〉에서 아내의 외도로 상처받은 가후쿠를 위로하는 조력자는 미사키이다. 따라서 미사키의 대사는 "마침내 우리는 쉴 수 있을 거예요!"라는 소냐의 위로와 같은 층위에 놓이리라 짐작할 수 있다.

미사키에 따르면 오토가 남편을 사랑하면서 동시에 다른 남자를 갈망했다는 사실은 모순되지 않고, 가후쿠는 그런 오토의 이중적 모습을 수용해야 했다… 이렇게 요약해보니 너무 가혹한 요구라는 생각도 든다. 한국에서 그렇듯 일본에서도 결혼은 서로에게 성관계를 독점할 권리를 부여하는 계약 관계로 이해된다. 만약 가후쿠가 먼저 바람을 피우지 않았다면, 오토는 일방적으로 그 계약을 파기한 셈이다. 그렇다면 미사키는 가후쿠가 아내의 바람을 일방적으로 참아야 했다고 말한 것일까?

이 대목에서 논점을 확실하게 해둘 필요가 있겠다. 부부 사이에서 한쪽이 일방적인 잘못을 저지른 것과 다른 쪽에게 배신감을 준 것은 전혀 다른 문제다. 기혼자가 자신의 파트너에게 폭력을 가하거나 사기를 쳤다면 마땅히 사법처리를 받아야 한다. 하지만 상대방을 실망시킨 경우에는 대화와 타협이 필요하다. 인간관계에서는 배신감을 느끼는 상황이 자주 발생한다. 가령 흡연자였던 여성이 금연을 약속하면서 결혼을 했는데 담배를 끊지 못했다면 남편이 실망할 수 있고, 가사분담을 약속했던 남성이 결혼 이후 집안일을 방기한다면 아내는 분노할 것이다. 이런 경우라면 사법부에게 판결을 위임할 것이 아니라 쌍방협의를 시도하고 요령부득이면 이혼을 포함한 대책을 강구해야 한다.

논쟁의 여지가 있겠지만 나는 유부녀가 다른 남자와 성관계를 맺는 행위는, 일방적인 잘못을 저지른 것이 아니라 상대방을 실망시킨 경우라고 생각한다. 앞서 언급했듯 결혼은 성관계를 독점할 의무를 주는 계약처럼 받아들여지지만, 그런 계약으로서의 법적인 효력을 갖지는 않는다.[24] 성에 보수적인 이슬람 국가에서는 혼외정사 자체가 불법이라고 하지만, 웬만한 근대국가는 개인의 성관계에 간섭하지 않는다. 일본은 오래전 간통죄를 폐지했고 따라서 다른 파트너와 잠자리를 가진 기혼 남녀를 처벌하지 않는다. 물론 아내의 외도는 남편에게 실망감과 절망을 안겨줬을 수 있다. 미사키는 그런 부정적 감정을 수용하라고 말한 것이지 않을까.

"어렵게 맘 정한 거라 네게 말할 테지만 사실 오늘 아침에 그냥 나 생각한 거야"

앞서 나는 인간의 이성으로 이해할 수 없는 일을 '부조리' 라고 명명했다. 그리고 세상에서 부조리한 사건이 일어났다면 엄정하게 비판해야겠지만, 우리의 마음속에서 '사랑'이라는 이름의 불가해한 감정이 생겨났다면 그것을 '운명'으로 받

---

24 외국에는 자유롭게 다른 파트너를 만날 수 있도록 허용하는 개방결혼(open marriage)이 있다. 가장 유명한 사례는 프랑스 철학자 사르트르(Jean-Paul Sartre)와 보부아르(Simone de Beauvoir)의 계약결혼이다. 이들은 결혼 계약을 2년에 한 번씩 갱신하면서 50년간 부부관계를 유지했고 서로에 대한 성관계를 독점하지도 않았다고 알려져 있다. 물론 이는 서양에서도 유별난 관계로 취급받고, 동양에서 결혼은 성관계를 독점할 권리를 부여하는 의식으로 이해된다. 따라서 기혼자가 다른 파트너와 성관계를 맺었다면 결혼관계를 파탄으로 이끌만한 배신행위로 받아들여질 수 있다. 다만 그런 결혼관은 절대적으로 옳은 것이 아니라 동양에서 널리 받아들여지는 문화적 관행일 뿐이다.

배드 엔딩이 어때서?

아들이는 편이 낫다고 주장했다. 이제 부조리해 보이는 타자의 행동에 어떻게 대처할지를 이야기하고 싶다.

가후쿠는 아내의 외도를 부조리한 사건으로 느꼈다. 어쩌면 오토가 외도를 했다는 사실보다도 그 외도가 부조리하다는(즉 외도의 이유를 짐작할 수 없다는) 사실이 가후쿠에게 상처를 남겼을 수 있다. 예견된 불행은 아프지 않다. 공부를 방기한 학생은 끔찍한 성적을 받아도 덜 상심한다. 반면 일어날 수 없던 사건이 벌어지고 그 사건의 원인이 규명되지 않을 때 우리는 엄청난 충격을 받는다. 이는 지금껏 많은 한국인들이 세월호 사고와 이태원 참사를 트라우마로 인식하는 까닭이기도 하다. 여하튼 남편이 아내의 바람을 예상하는 상황이었다면 그 예상이 실현됐을 때 남편의 충격은 경감됐을 수 있다. 하지만 가후쿠는 오토의 외도를 짐작지 못했다.[25]

지인이 이해할 수 없는 언동을 하면 동기를 묻고 싶다는 욕망이 생기기 마련이다. 친구가 괴상한 짓을 벌리면 "너는 왜 그런 행동을 하니?"라고 묻고, 부모는 공부를 못하는 자식에게 "너는 왜 그렇게 공부를 싫어하니?"라고 묻는 것이 인지상

정이다. 하지만 이런 질문들이 만족스러운 대답을 이끌어내기는 힘들다. 상대방도 자신의 행동을 논리적으로 설명하기 어려운 경우가 많기 때문이다.

인간은 언제 어디서든 불가해한 행동을 저지를 수 있다. 이 책의 필자도 예외는 아니다. 얼마 전 나는 대학원 진학을 고민하는 대학생에게 이런 질문을 받았다. "선생님은 왜 국문과 대학원을 가셨나요?" 음… 분명 나는 취직과 대학원 진학을 저울질하다가 후자를 택한 적이 있다. 내 인생에서 가장 중요한 분기점 중 하나였다. 그런데 왜 그런 선택을 했는지는 잘 모르겠다. 내가 대학원으로 진학하게끔 유도한 요인들을 거명하기는 쉽다. 나는 어려서부터 문학을 좋아했고, 학부를

---

25 〈드마카〉에서 가후쿠는 딸과 아내의 갑작스러운 죽음도 부조리하게 느꼈을지 모르겠다. 건강하던 가족이 어느 날 불현듯 죽으면 부당하게 느껴질 수밖에 없다. 물론 모든 사람은 지병으로 돌연사할 수 있다. 하지만 이 사실을 아는 사람들도 예상치 못한 타인의 죽음을 경험하면 "왜 내가 사랑하는 사람은 이렇게 일찍 죽었는가? 신이 왜 나에게만 이런 시련을 내려주시는가?" 같은 의문을 던질 수 있다. 물론 이것은 부조리한 일일지언정 "어쩌다 보니까" 생겨난 일이라고 생각할 수 있다. 가후쿠가 바보가 아닌 이상 모든 사람이 언제든 갑작스럽게 죽을 수 있다는 사실을 모를 수는 없다.

배드 엔딩이 어때서?

졸업할 당시에는 취직을 하기 어려운 시대여서 대학원이 도피처로 여겨졌고, 내 부모님은 취직을 닦달하지 않는 분들이셨고… 이런 조건들이 나를 진학으로 이끈 요인이었다는 생각은 든다. 하지만 나와 동일한 상황에 놓인 사람이 전부 필연적으로 대학원에 입학하는 것은 아니다. 나만해도 학부를 졸업할 당시 조금만 다른 생각을 해봤다면 취직을 택했을 수 있다. 요컨대 나는 대학원을 가야만 하는 필연적 이유가 없었고, 그냥 "어쩌다 보니까" 대학원생이 된 셈이다.

하지만 나는 그 학생에게 솔직히 답하지 못했다. 그 학생은 나름 신뢰하는 선생에게 진지한 질문을 던졌을 것인데 "그냥 어쩌다 보니까 대학원에 갔다…"라는 답을 들으면 성의 없게 느껴지리라는 생각이 들었다. 그래서 "문학에 대한 공부를 더 하고 싶어서"라고 했다. 거짓말은 아니었지만 솔직한 대답은 아니었다. 원만한 사회생활을 위해서는 이런 '배려'가 필수적이다. 인간은 논리적으로 사유하고 서로 생각을 나눌 수 있는 '만물의 영장'을 자처한다. 하지만 우리의 언동은 합리적인 생각보다는 우연한 상황과 주관적 결단으로부터 비롯된 경우가 많다. 인간이 합리적인 존재가 아닌 이상, 언어는 서로의 생각을 온전히 표현하고 교감을 끌어내는 과업을 완수할 수 없다.

다소 부끄러운 내 경험을 하나 더 고백하고 싶다. 오래전 사귀던 연인에게 이별을 통보받았던 기억이 있다. 나는 연애 전선에 문제가 없다고 생각했고 따라서 헤어지자는 그녀의 말을 납득하지 못했다. 부끄러움을 모르던 때라서 이런 질문을 던졌다. "나와 헤어지고 싶은 이유가 뭐니?" 그녀는 고개를 숙인 채 약간 눈물을 흘리며 아무 말도 하지 않았다. 나는 그 침묵이 배려라고 생각했다. 그녀는 나와의 관계를 끝내고 싶어진 이유가 있었을 것이다. 나의 가치관과 유머 감각이 성에 안 찬다거나, 다른 사람을 사귀고 싶어졌다거나, 나의 경제적 미래가 불확실하게 느껴졌다든가… 하지만 그녀가 이 중 하나를 특정하면 나는 상처받았을 것이다. 그녀가 대답을 회피한 것은 그런 민망한 상황을 피하기 위한 의도적 전술이리라고 추측했다.

지금 내 생각은 다르다. 그녀로서는 별다른 이유 없이, 말하자면 "어쩌다 보니까" 헤어지고 싶어졌을 수 있다. 인간은

배드 엔딩이 어때서?

별다른 이유 없이 사랑에 빠졌다가 별다른 이유 없이 이별한 다.[26] 나도 몇 번의 사랑과 이별을 경험해봤지만, 만남과 헤 어짐의 이유를 명확하게 설명할 수 있었던 적은 없다. 다른 이들의 사랑도 크게 다르지는 않을 것이다. 〈조제, 호랑이 그 리고 물고기들〉을 비롯한 일본의 감성적 영화들이라든가 혹 은 왕가위 감독의 이별(사랑) 영화들은, 우연히 만난 남녀가 별다른 이유 없이 "어쩌다 보니까" 사랑에 빠지고 또 "어쩌다 보니까" 이별할 수도 있음을 예증한다.

　대화와 토론을 통해 타인과 관계를 유지할 수 있다는 믿음 은 환상에 가깝다. 언젠가 인터넷에서 유부남의 넋두리를 본 기억이 난다. 그는 아내가 요리를 하면 자신은 정리를 하기로 합의했다. 지금껏 남편은 식사를 마치면 일단 양치질을 하고 나서 식탁을 치운 후 설거지를 해왔다. 어느 날 아내는 그 루

26　사랑에는 명백한 이유가 없다. 아니, 더 정확히 말하자면 명백한 이유가 없어야지 사랑이다. 앞서 언급한 사례지만, 얼굴이 예쁘다는 이유만으로 한 여성과 연애를 시작하려는 남성이라든가, 돈이 많다는 이유만으로 어떤 남자와 결혼을 하려는 여 자가 존재할 수는 있겠지만, 이들은 사랑보다는 조건에 맞춘 계약을 하려는 것으로 봐야 한다.

틴에 불만을 제기했다. 식사를 마치면 식탁이 더러워지고 음식냄새가 남으니, 일단 주방을 정리하고 나서 양치와 세수를 하라는 것이었다. 나는 양치질을 먼저 하려는 남편과 주방정리를 먼저 하라는 아내의 말 중 한 쪽이 틀렸다고 생각하지는 않는다. 이렇게 충돌하는 사안이 있으면 일단 대화를 시도해봐야 한다. 하지만 대화가 합의점을 도출하리라는 보장은 없다. 서로 자신의 주장을 내세우면 갈등이 커지기 십상이다. 이 경우 가장 좋은 해결책은, 한 사람이 일방적으로 상대편의 요구에 복종하는 것이다.

평생을 같이 살아야 할 부부도 이렇듯 사소한 이유로 다투는데, 그냥저냥 아는 지인들의 의견조율이 쉬울 리 없다. 사회생활을 경험해본 사람들은 남을 설득하기가 얼마나 어려운지를 안다. 가령 한국에서 특정한 정당(정치인)의 지지자들은 대부분 다른 정당의 지지자를 이해하지 못한다. 이 글의 필자는 나이가 적지 않은 미혼으로 사는 것이 나쁘지 않다고 생각하지만, 부모님은 기회가 날 때마다 결혼을 재촉한다. 결혼을 선택으로 생각하는 자식과 결혼을 필수라고 믿는 부모가 서로 만족할 만한 합의를 도출할 수 있을 것이라 기대하기는 힘들다. 이런 문제들을 정색하고 따지면 원만한 관계 유지는 불가능하다.

그래서인지 사람들이 내뱉는 말 중에서는 흉금에 쌓인 고민을 솔직하게 표현하고 진지하게 토론을 나누기 위한 것보다는, 원활한 인간관계를 유지하기 위한 공치사가 많다. 친구와 있을 때 할 말이 없으면 "오늘 날씨 참 좋네"라든가 "요즘 잘 지냈니?"라는 빈말을 하고, 오랜만에 만난 지인에게는 "다음에 한 번 밥이나 먹자"라고 하며, 상대방이 자신의 고민을 털어놓을 때에는 별로 공감이 되지 않아도 "참 힘들었겠구나"라며 맞장구쳐줘야 한다. 그것이 성숙한 어른의 기초소양이다. 언어가 진담을 풀어놓는 창구보다 친교를 위한 도구로 소모되는 까닭은, 우리가 내심 언어를 통한 의사소통의 한계를 알고 있기 때문일지도 모르겠다.

타인의 모든 것을 이해하는 것은 불가능한 일이지만, 그래도 우리는 종종 사랑에 빠진다. 사랑에는 이유가 필요 없다. 누군가를 사랑한다는 말은 그 사람에게 헌신하겠다는 선언일 뿐이다. 사랑에 빠지면 상대방의 부조리한 행위를 감내해야 한다. 물론 상대방의 부조리한 행동이 쌓이면 호감이 사라지고 이별을 해야 할 수도 있다. 하지만 사랑이 유지되는 동안에는 상대방이 부조리해 보이는 행위를 저질러도 "어쩌다 보니까" 그럴 수 있다고 믿어야 한다. 이해할 수 있는 사람만 사랑하는 것은 불가능하지만, 사랑은 무조건적인 이해를 가능케한다. 가후쿠는 그런 마음가짐을 갖지 못했다. 그는 아내가 불륜을 한 이유를 궁금해 했다. 그리고 정작 아내가 중요한 말을 하려고 결심했을 때에는 담담하게 경청하지 못했다. 미사키는 그 점을 문제 삼은 것이었다.

말할 수 없는 것에 대해서는 침묵할 것

요컨대 〈드마카〉의 주제는, 사랑하는 대상의 부조리한 측면을 수용해야 한다는 것이다. 이 영화는 또한 예술작품을 접할 때에도 같은 태도를 견지하라고 종용한다. 〈드마카〉는 침대에 누운 오토가 남편에게 이상한 이야기를 늘어놓는 장면으로 시작된다. 전생에 칠성장어였던 소녀가 첫사랑(소년)의

빈집에 계속해서 몰래 찾아가서는 자신이 다녀간 징표를 남겼다. 곧 그녀는 소년의 침대에서 자위를 하는데, 그때 집으로 누군가가 들어오는 소리가 들렸다….

오토가 죽은 후 가후쿠는 젊은 남자배우 다카츠키에게 그 이야기를 들려줬다. 다카츠키는 자신이 후일담을 안다고 답했다. 소녀가 자위를 할 때 집에 들어온 침입자는 도둑이었다. 도둑은 소녀를 강간하려 했고, 소녀는 저항하던 와중에 우발적 살인을 저질렀다. 그녀는 집에 시체를 유기하고 도망갔다. 이후 소년은 아무런 기색도 하지 않았는데, 그의 집 앞에는 갑자기 CCTV가 설치됐다. 소녀는 아무도 없는 CCTV 앞에서 이렇게 말했다. "내가 죽였다."

다카츠키의 이야기를 들은 후 가후쿠는 씁쓸해한다. 오토는 성관계 이후에만 저런 이야기를 했으니, 저 후일담은 다카츠키와 오토 사이에 육체적 접촉이 있었음을 암시하는 증거로 느껴졌을 수 있다. 물론 가후쿠는 오토의 외도를 알고 있었다. 하지만 상간남에게 저런 이야기를 전해듣는 것은 썩 유쾌한 경험이 아니다.

그런데 우리가 여기에서 주목할 것은, 두 이야기의 차이점이다. 오토가 가후쿠에게 했던 이야기는 단출하고 기승전결이 없다. 반면 다카츠키가 들은 이야기는 소녀가 CCTV에서 자신의 범행을 자수한다는 결말까지 포함하니 비교적 완성도가 높다. 또한 이 버전은 "인간은 잘못을 들키지 않아도 자신의 죄를 고백하려고 하는 착한 습성을 가지고 있다"라는 교훈을 함축하고 있기도 하다.

하지만 다카츠키가 들은 이야기가 낫다고 단언할 근거는 없다. 완결성이 높고 교훈을 갖춘 서사가 무조건 우월한 것은 아니다. 물론 대중적 작품은 명료한 기승전결 속에 확실한 교훈을 담아야 한다. 나만 해도 디즈니 애니메이션을 봤는데 교훈적 메시지가 확실치 않으면 허무하고, 마블 히어로 영화를 보러 갔는데 기승전결이 확실치 않으면 헛헛하다. 허나 모든 서사 작품이 구조적 완결성과 교훈을 추구할 필요는 없다. 오토가 두 남자에게 들려준 이야기는 애당초 그런 덕목과 거리가 멀다. 여자가 좋아하던 남자의 집에 가서 자위했다는 일화에서 기승전결의 형식미라든가 교훈 따위를 찾기는 힘들다. 오토의 이야기는 몽환적 분위기를 자아내고 충격적인 사건을 보여주는 데에만 집중한 듯하다. 그렇게 본다면 도둑과 CCTV의 존재는 사족에 가깝고, 가후쿠가 들은 서사가 더 깔끔할 수 있다.

　우리는 종종 뜬금없고 비논리적으로 전개되는 예술작품을 마주하게 된다. 이때 작품에 대한 '사랑'을 철회한다거나 어떻게든 그 작품을 분석하고 이해하려 달려들 필요는 없다. 인간은 본래부터 부조리한 존재이기에 인간의 정수를 뽑아낸 예술 또한 부조리할 수 있다. 인간의 행동에 대해서 어떻게든 인과적으로 설명하려는 서사작품도 있지만, 예측불허이고 비논리적인 삶을 있는 솔직하게 모사하려는 작가들도 존재한다. 하마구치 류스케 감독도 그 중 한 명이다.[27]

　헐리우드 영화의 문법에 익숙한 관객은 〈드라이브 마이 카〉가 당황스럽게 느껴질 수 있다. 영화의 전반부에서 가장 중요한 사건은 오토의 외도인데, 관객은 스탭롤이 올라갈 때까지도 그 사

27　참고로 하마구치 류스케 감독의 다른 영화들에서도 유사한 문제의식이 묻어난다. 3개의 단편으로 이뤄진 영화 〈우연과 상상〉이 대표적인 사례이다.

건의 원인을 알 수 없다. 미사키는 가후쿠에게 이해할 수 없는 아내의 행동까지도 수용하라고 조언했는데, 어쩌면 이 영화의 감독은 부조리하게 느껴지는 서사 작품도 수용하라고 관객에게 요구하고 싶었던 것 같기도 하다.

부조리한 사건이 답답한 감정만을 불러일으키는 것은 아니다. 종종 예상치 못한 사건이 우리의 삶을 풍요롭게 만들어줄 때도 있다. 영화 속에서 가후쿠와 미사키가 교감해나가는 과정을 생각해보라. 예술계에 종사하는 중년 남성과 불우한 집안에서 자란 젊은 여자 운전사는 친해지기 어려운 조합으로 보인다. 둘은 내성적인 성격이라서 어색한 관계가 됐다. 가후쿠는 미사키가 운전하는 차에서 죽은 아내의 육성이 담긴 테이프를 들으며 연기연습을 했다. 눈앞의 타인보다 망자와 대화했던 그가 바로 그 타인과 관계를 맺을 가능성은 희박해 보였다.

이들은 몇몇 우발적 사건을 계기로 서서히 마음을 연다. 둘이 가까워진 첫 번째 계기는, 한국인 부부에게 초대받아 식사를 하다가 우발적으로 가후쿠가 미사키의 운전 실력을

배드 엔딩이 어때서?

칭찬한 것이었다. 얼마 후 둘은 소각장에서 자신들의 상처를 털어놓고 처음으로 맞담배를 폈다. 그리고 가후쿠가 다카츠키의 이야기를 듣고 절망한 날, 둘은 함께 차의 썬 루프에 손을 올리고 또 한번 흡연을 했다… 이렇게 쓰고 보니 둘 사이에 특별한 사건이라고 할 만한 것은 전무했다는 생각도 든다. 칭찬과 맞담배는 변변찮은 일화에 불과하다. 활달한 사람은 언제든 쉽게 남을 칭찬한다. 흡연자는 타이밍이 맞으면 누구와든 함께 담배를 태울 준비가 되어 있다. 하지만 〈드마카〉를 보면, 앞서 언급한 장면들이 나올 때마다 두 사람이 조금씩 마음을 열어간다는 느낌이 들고, 급기야 썬 루프로 삐져나온 2개의 손이 담배를 들고 있는 장면에 이르면, 이들의 손은 허망한 세상에 맞서는 횃불처럼 보인다. 이런 연출을 통해 〈드마카〉는 '부조리'하게 만들어진 인간관계가 서로를 위무할 수도 있음을 암시한다.

　이외에도 〈드마카〉는 인간사의 부조리함과 언어의 한계를 함축하는 많은 서사 장치를 포함한다. 가령 이 영화에서 가장 금실 좋은 부부는 한국인들인데, 그들은 의사소통에 문제가 있다.(아내가 농아이다.) 그들은 합리적 이성을 전달하는 언어가 없이도 '사랑'이 싹틀 수 있음을 암시한다. 한편 가후쿠가 히로시마에서 연출한 연극은 배우들이 서로 다른 언어를 쓰는 실험극이다. 어떤 배우는 일본어를 쓰고 어떤 배우는 중국어를 쓰며 또 어떤 배우는 수화를 쓰는 상황이니 어수선하고 부자연스러운 느낌이 들 수밖에 없다. 하지만 대번에 무너졌다는 바벨탑 건설 현장과는 달리 무대 위에서는 뭔가가 일어난다. 말이 안 통하는 사람들끼리 서로의 몸짓과 움직임으로 어우러지는 연극이라니, 어쩌면 〈드마카〉는 그런 작품을 지향했을지도 모르겠다는 생각이 든다. 여하튼 우리가 사는 세상은 서로 말이 통하지 않는 사람들끼리 자신만의 생각을 독백으로 늘어놓으면서도 이런저런 관계를 맺으면서 살아가는 부조리한 공간임을 인정한다면, 이 작품이 부조리하다고 욕할 필요는 없을 것이다.

CHAPTER 8

다만 이야기가 남았네

이 재미없는 이야기를 난 날마다 생각해

한강 「눈 한 송이가 녹는 동안」

성공을 꿈꾸고 과거의 승리자를 모방하려는 사람이 늘어날수록 기존의 억압적 사회체제는 견고해진다. 불의에 맞서 싸운 투사들의 이야기는 우리를 비겁하지 않게 해주는 유일한 해독제이다. 그들의 이야기는 우리를 부끄럽게 만들고 또한 자유로운 삶을 추구할 용기를 북돋아준다. 5.18부터 6월 항쟁까지 일어난 일들은 '배드 엔딩'으로 끝맺은 사람들의 이야기가 사회를 바꾸는 밑알이 될 수 있음을 증명했다.

다만 이야기가 남았네

「눈 한 송이가 녹는 동안」[28] 톺아보기

한강 작가가 노벨문학상을 받으면서 더욱 많은 독자들에게 읽히고 있다. 이 챕터에서는 그녀의 단편 중 하나인 「눈 한 송이가 녹는 동안」을 살펴보겠다. 해당 작품의 줄거리는 단순하다. 출판사에 다녔던 "나"(K)는 과거에 만났던 2명의 선배를 떠올린다. 첫째는 경주 언니. 그녀는 출산한 여직원을 해고하는 기업문화에 맞선 투쟁을 하다가 고립됐다. 두 번째는 임

---

28 한강, 「눈 한 송이가 녹는 동안」, 『창작과비평』, 창비, 2015.6.

선배. 무뚝뚝한 성격의 그는 경주 언니가 투쟁할 때 침묵했다. 그러다가 몇 년 후 그는 언론사에 취직했고 대기업에 비판적인 기사를 쓰다가 검열을 당해서 회사에 맞서 싸웠다. 이들은 사고와 병 때문에 허무하게 죽었다. 어느 날 "나"의 집에 임 선배의 유령이 등장한다. 그 유령은 "나"와 이런저런 대화를 나누다가 사라진다.

「눈 한 송이가 녹는 동안」은 초현실적 존재를 실감나게 묘사한 오컬트 작품이 아니다. 작중 유령은 임 선배에 대한 "나"의 기억이 만들어낸 환상으로 봐야 한다. 만약 이 소설이 감동적이라면 선배를 잊지 않고 회상하려는 "나"의 마음이 갸륵하기 때문일 것이다. 그렇다면 우리는 왜 그런 마음을 아름답고 감동적이라고 느끼는 것일까?

패배한 투쟁의 기록

한국에서 노동자의 결사행동은 환영받지 못한다. '귀족노조'라고 명명된 몇몇 대기업 노조는 민주노총과 함께 오래 전부터 언론의 샌드백이었다. 자그만 직장의 비정규직이 처우

개선을 요구할 때에도 웬만한 언론은 호의적이지 않다. 하지만 노조와 노동운동을 싫어하는 사람들도 「눈 한 송이가 녹는 동안」의 투사들을 힐난하기는 힘들 것이다. 출산한 여자를 해고하는 기업관행과 기자의 보도를 통제하는 언론사는 어떤 이유로도 정당화될 수 없기 때문이다.

한국의 사회인들은 관료적이고 불평등한 기업 문화에 익숙하다. 오래된 중소기업은 직원들의 처우에 관심이 없고 조직문화도 총체적 난국인 경우가 많다. 한국 중소기업의 온갖 병폐를 다룬 블랙코미디 드라마 〈좋좋소〉가 무려 시즌 5까지 나왔으며 그 드라마에 공감한 사람들이 많았다는 사실만으로는 이 점은 쉽게 증명된다. 그나마 IT 기업, 대기업, 스타트업은 세련된 기업문화를 지향한다지만, 그런 직장들도 구습을 일소하지는 못한 듯하다. 일단 기업대표를 세습하는 '재벌'의 존재부터가 자본주의 체제에 걸맞지 않는다.

그런데 보통의 노동자들은 기업에서 불합리한 일이 벌어져도 투쟁에 나서지 않는다. 그들에게 비겁함을 강요하는 요인이 산적해 있다. 한국에서 노동쟁의는 위험부담(risk)이 큰

도박이다. 파업이나 투쟁에 성공하면 회사를 얼마간 개선시킬 수 있겠지만, 패배하면 해고부터 거액의 손해배상가압류까지 온갖 탄압에 노출된다. 직장에 불만이 생겼다면 맞서 싸우기보다는 이직을 고민하는 편이 낫다. 모든 한국인은 그 사실을 알고 있다. 그러니까 웬만한 상황이 아니고서는 투쟁을 결심하지 못한다.

그렇다면 「눈 한 송이가 녹는 동안」의 경주 언니와 임 선배가 저항을 감행한 이유는 무엇일까. 일단 경주 언니는 유부녀로서 해고를 당할 위기에 처했으니 생존권을 지키려고 싸움에 나섰을 확률이 높다. 하지만 그녀의 목적이 밥그릇 지키기로 한정됐다면 승세가 보이지 않는 순간 쟁의도 끝났을 것이다. 그녀가 회사에서 고립되고 따돌림을 당할 때까지 투쟁한 이유를 짐작하기는 힘들다. 앞의 챕터에서 언급했듯, 애당초 인간은 '부조리'한 행동을 할 수 있는 존재이니 그녀도 "어쩌다 보니까" 싸우게 되었으리라는 무책임한 추론에 만족할 수밖에 없겠다.

임 선배가 언론사에 맞서 싸운 이유 또한 특정하기는 힘들

배드 엔딩이 어때서?

다. 하지만 그가 투쟁에 나설 수밖에 없었던 이유 중 하나는 확실하다. 그는 경주 언니가 회사에서 싸우다가 패배하는 모습을 지켜봤다. 그 경험은 임 선배를 각성시킨 동기 중 하나가 되었을 것이다. 물론 경주 언니가 투쟁할 당시 임 선배는 침묵으로 일관했다. 어찌 보면 당연한 일이었다. 상기했듯 회사에 맞선 투쟁은 '합리적'인 선택지가 아니다.

그런데 이때 어영부영 눈치만 보던 동료들도 경주 언니에게서 뭔가를 배웠을 수는 있다. 그녀는 인간이 정의를 위해 싸울 수 있음을 증명했다. 물론 인간은 무슨 일이든 저지를 수 있는 예측불허의 존재이다. 하지만 살다 보면 자신의 신념을 올곧게 지키면서 불의에 맞선 사람을 찾아보기 어려운 것 또한 사실이다. 그래서 경주 언니 같은 사람을 볼 때 우리는 새삼 "맞아, 인간이 정의로운 행동도 할 수 있었지!"라고 생각하게 된다.

다른 한편 경주 언니는 결연하게 싸웠음에도 패배했다. 만약 그녀가 회사 제도를 바꾸고 근속을 이어갔다면 정의로운 투쟁도 승리할 수 있음을 입증하는 희망적 사례로 남았을 것이다. 허나 그녀는 패배했고 이 사실은 정의가 승리하기 어려운 사회구조를 방증했다.

또한 그녀가 다녔던 기업이 정의를 탄압한 조직이라는 사실이 입증된 이상 거기에 순응한 사람들은 죄책감을 느꼈을 확률이 높다. 특히 경주 언니는 남자에게만 정년을 보장하고 여성을 쉽게 해고하는 회사에 맞서 싸웠으니, 남자인 임 선배로서는 부당한 기업문화의 수혜자로서 부끄러움을 피하기 어려운 상황이기도 했다.

나는 임 선배가 경주 언니의 투쟁을 보며 인간이 불의에 맞서 투쟁할 수 있다는 용기를 얻고, 또한 정의로운 투쟁이 허무하게 패배할 수 있는 현실에서 비겁하게 살아온 자신을 반성했으리라 확신한다. 작중에서 경주 언니가 임 선배를 자극했다는 진술이 나오지 않음에도 그렇게 단언할 수 있는 까닭은 있다. 올곧게 정의를 추구한 사람의 이야기만이 다른 사람을 정의롭게 만든다.

살다 보면 정의를 추구하는 것은 안정된 삶에 도움이 되지 않음을 깨닫게 된다. 어린이들은 해피 엔딩으로 끝나는 전래동화라든가 권선징악 영화들(가령 디즈니 애니메이션과 〈해리포터〉 등등)을 보면서 정의가 승리하리라는 희망을 가질지 모르겠지만 현실은 그렇게 녹록지 않다. 뉴스에서는 권력자가 잘못을 저지르고도 돈과 권력을 써서 솜방망이 처벌을 받았다는 소식이 주기적으로 들려온다. 여당 국회의원 아들은 6년 일하고 50억 퇴직금을 받아도 무죄 판결을 얻어내고, 재벌기업 총수가 구속되면 언론은 '한국경제'를 위해 석방해야 한다고 입을 맞춘다. 법을 해석하고 집행하는 사람들은 가난한 사회적 약자들에 대한 배려가 없다. 버스요금 800원으로 커피를 뽑아먹은 운전기사를 횡령죄로 해고시켜야 한다고 주장한 판사가 불과 3년 후 85만 원어치 접대를 받은 검사를 징계하지 말아야 한다는 판결을 하고도 대법관 자리까지 승승장구한 나라가 한국이다. 사회비판을 늘어놓을 생각은 없다. 이런 사회가 정의를 방기하게끔 강요한다는 점을 지적하고 싶을 뿐이다. 적어도 이 나라에서는 도덕과 윤리를 방기하고 비굴하게 돈과 권력만을 지향하는 사람들이 윤택하게 사는 경우가 많다. 우리로 하여금 정의를 추구하게끔 유도하는 요인은 거의 없다. 그런데 살다 보면 경주 언니처럼 굳건하게 행동한 사람을 보거나 혹은 그런 사람의 이야기를 듣는 순간이 온다. 그때 우리는 정의로운 삶이 가능하다는 점을 확인하고, 그런 삶이 발산하는 아름다움에 감동하며, 비겁하게 살아온 "나"를 반성하게 된다. 이들의 이야기는 우리를 정의롭게 만들어주는 동력이 될 수 있다.

물론 모든 사람이 그런 감정을 느끼지는 않을 것이고, 저런 감정을 느낀 사람 중에서도 정의로운 행동으로 도약하지 못하는 경우는 있으리라. 하지만 저런 사람들의 이야기를 제외하고 나면, 이 천박한 사회에서 정의를 추구하게끔 유도할 요인은 전무하다. 임 선배가 경주 언니의 영향을 받았으리라고 추측할 수밖에 없는 까닭이다.

패자는 이야기를 남긴다

한국의 현대사는 정의를 추구하다가 패배했던 투사들의 피로 쓰였다. 하지만 그들의 이야기는 눈에 띄지 않는다. 역사는 승리자들의 기록이기 때문이다.

군사 반란을 소재로 삼은 영화 〈서울의 봄〉에는 반란수괴를 막으려고 분투한 장태완 수도경비사령관과 김오랑 소령의 이야기가 나온다.[29] 이들의 삶은 쿠테타를 주도했던 인간들의 그것보다 훨씬 고귀하고 존엄하다. 하지만 전두환이 그들보다 역사적으로 중요한 인물임을 부정할 수는 없다. 대통령을 7년 동안 한 사람의 영향력은 적지 않다. 반면 '패배자'인 김오랑과 장태완은 1979년부로 역사의 뒤안길로 사라지고 별다른 족적을 남기지 못했다. 따라서 역사를 기록하는 사람들은 그들의 행적에 별로 주목하지 않을 수 있다.

예술은 그렇게 '패배'하고 역사에서 누락된 사람들의 이야기를 전달하기에 최적화된 양식이다. 물론 〈서울의 봄〉은 두 영웅을 찬양하기보다는 쿠테타의 전모를 재현하는 데 집중한 작품이다. 하지만 이 영화는 불의에 저항했던 인물들이 존재했음을 감동적으로 보여줬다. 이런 식으로 예술은 승리하지 못한 자들의 '이야기'를 남기고 후대의 사람들에게 전승하

---

29 작중에서 장태완은 '이태신'이라는 이름으로 나오고(정우성 역), 김오랑은 '오진호'라는 이름으로 나온다(정해인 역).

는 역할을 할 수 있다.

같은 맥락에서 유관순 열사 또한 한국의 근대사에서 중요한 역할을 한 사람은 아니었을 것이다. 그때 한반도의 정치/사회를 좌우한 사람들은 일본의 관료와 친일파들이었다. 물론 3.1운동이 일제의 식민 통치를 유화적으로 만들었다는 말도 있지만 유관순의 옥중 투쟁이 한반도의 상황을 개선시켰다고 보기는 힘들다. 허나 그녀의 삶은 아름다운 '이야기'를 남겼다. 앞서 백석의 시를 다루면서 언급했듯, 타자의 말을 무시하며 오롯이 자신만의 규칙으로 살아가는 사람의 모습은 아름답고 감동적이다. 그녀의 이야기는 정의가 꼭 승리하지는 않을 수도 있음을 겸허하게 일깨워주면서 또한 인간은 승리하지 못할 투쟁을 감행할 수 있는 자유로운 존재임을 확인시켜준다. 이제 '대한독립 만세'라는 슬로건은 시의성을 잃은 시대이지만, 자신의 정의를 지켜나가려는 모든 사람에게 그녀의 이야기는 여전히 용기를 준다.

그런데 어쩌면 장태완과 김오랑이 한국의 역사에서 중요하게 다뤄지지 않았던 이유 중 하나는, 이듬해 5월 광주에서

발발한 학살이 너무 강렬했기 때문일지도 모르겠다. 5.18은 수많은 행방불명자, 부상자를 양산했고 공식 사망자만 166명으로 기록되어 있다. 안타깝게도 이 항쟁 또한 군부정권에 유의미한 타격을 주지 못하는 듯했다. 전두환 정권 내내 언론은 5.18을 '북괴의 소행'이라고 왜곡했다.

　그런데 광주 시민들은 5월의 진실을 알리고자 했고 1980년대 내내 전국의 대학에는 광주의 참상을 알리는 사진과 비디오들이 퍼졌다. 그런 자료들은 폭력에 저항하는 '시민'과 '민중'을 현시하고 제5공화국이 학살의 결과임을 증명했다. 일단 그 시각자료들의 진실성을 믿는다면, 전두환 정권에 순응한 사람은 비겁하다는 결론을 도출할 수밖에 없었다. 광주에 대한 죄책감을 느낀 사람들은 진보적 사회운동에 투신했다. 그들의 결기는 1987년에 6월 항쟁의 동력이 됐다. 항쟁 이후 한국은 그럭저럭 민주화를 이뤘다. 1980년의 시점에서 5.18의 피해자들이 군부정권의 총검에 쓰러진 '패배자'들로만 보였을지언정, 그들의 이야기에 아파한 사람들은 역사를 만들어나가기 위한 초석이 됐다. 그 결과 5.18은 빠르게 복권됐다.

어느 시대에나 세상을 지배하는 것은 경쟁에서 살아남은 승리자들이다. 그들의 영웅담에는 배울 만한 교훈이 있다. 그들은 이 사회에서 성공하기에 적합한 능력을 갖췄을 것이다. 한국에서 1961년과 1979년에 쿠테타를 일으킨 세력은 그렇게 허접한 계획이 성립될 수 있는 취약한 사회 구조 속에서 화끈한 실행력을 갖췄기에 '성공'했고, 친일파들은 우승열패의 세계질서 속에서 강한 나라를 숭상한 결과 '승리'했다. 당시의 사회질서가 여전히 유지되고 있다면 성공을 꿈꾸는 사람들은 저런 '승리자'들을 본받으려 노력해야 할 것이다.

성공을 꿈꾸고 과거의 승리자를 모방하려는 사람이 늘어날수록 기존의 사회체제는 견고해진다. 불의에 맞서 싸운 투사들의 이야기는 우리를 비겁하지 않도록 각성시켜주는 유일한 해독제이다. 그들의 이야기는 우리를 부끄럽게 만들고 또한 자유로운 삶을 추구할 용기를 북돋아준다. 5.18부터 6월 항쟁까지 이어진 사건들은 '배드 엔딩'으로 끝맺은 사람들의 이야기가 사회를 바꾸는 밀알이 될 수 있음을 증명했다.

한강이 5.18을 배경으로 삼은 『소년이 온다』라든가 4.3을 추도한 『작별하지 않는다』를 쓴 이유도 그런 문제의식과 결부시켜 설명해야 한다. 이 작품들은 5.18과 4.3이라는 사건이 어떻게 전개되었는지를 상술한다거나 희생자들의 삶을 핍진하게 묘사하는 일에 별로 관심을 보이지 않는다. 이는 작가의 의도적인 전략이다. 〈드마카〉를 분석하면서 암시했듯, 언어의 한계를 직시하는 예술가들이 있다. 나는 한강도 그런 작가 중 한 명이라고 생각한다. 불의에 항거한 투사의 마음을 온당히 전달할 언어는 없다. 차라리 인간은 애당초 '부조리'한 존재이기 때문에 '불합리'해 보이는 행동으로 도약할 수 있다고 전제한 후, 그들의 실천이 타인을 자유롭게 만들어줄 수 있음을 강조하는 편이 낫다.

노벨문학상 수상 연설에서 한강은 박용준 열사를 언급했다. 박용준은 고아 출신으로 성인이 된 후 야학에서 활동하다가 1980년 5월 27일 새벽 도청에서 사망했다. 군대의 마지막 학살이 예고된 날이었다. 그때 도청에 남은 사람은 누구나 죽을 수 있었다. 도청에서 최후의 항전에 나섰던 이들도 자신들이 군대의 총검을 이겨내리라고 기대하지는 않았을 것이다. 그때 도청을 사수한다는 것은 '무의미'하고 '비합리적'인 선택으로 보였을 수 있다.

도청에서 죽음을 앞둔 남은 사람들은 무슨 생각을 했을까? 한강이 인용한 박용준의 마지막 일기에는 이런 구절이 나온다. "하나님 어찌해야 좋겠습니까. 양심이 무엇입니까? 왜 이토록 무거운 멍에를 매게 하십니까? 이렇게 주님께서 갈급하게 구해야만 세상일을 할 수 있을까요? 그렇다면 하겠습니다. 하나님, 도와주소서. 모든 것을 용서하시고 세상에는 사랑과 관용을!" 요컨대 그의 목숨을 앗아간 것은 양심이라는 '부조리'한 감정이었다. 이 감정만큼 우리에게 감동과 용기를 주는 것이 또 있을까?

에필로그

유관순과 5.18을 이야기하다 보니 부당한 권력에 맞서 투쟁하라고 주장하는 모양새가 됐는데, 그것이 이 책의 유일한 결론은 아니다. 혹시나 있을 오해를 피하기 위해 책 전체의 내용을 요약해두고 싶다.

현대인은 수많은 타자 사이에서 휩쓸리며 살 수밖에 없다.(2-3챕터) 그런데 타자의 시선에 매몰된 사람은 불행해진다. 행복은 자기 자신이 목표를 세우고 착실하게 실천하는 이들에게만 허용된 축복이다.(4-5챕터) 문학과 예술은 신실하게 자신의 길을 걷는 사람이 얼마나 아름다운지를 일깨워준다.(6챕터) 믿음과 사랑은 부조리한 감정이지만, 인간은 부조리함을 끌어안고 살아야 하는 존재이다.(7챕터) 주체적으로 살아왔던 사람들의 이야기를 통해 우리는 사랑법을 배우고 사회를 바꿔나갈 용기를 얻는다.(8챕터)

우리는 수많은 타자들에게 둘러싸여 있다. 10대 학생들은 "공부를 잘해서 의대를 가는 것이 최고야" 같은 말을 듣고, 20대는 "스펙 관리해서 대기업에 입사하라"는 말을 들으며, 30대에는 "요즘은 재테크를 해야지! 비트코인과 미국주식을 매수하렴" 같은 말을 듣기 마련이다. 나는 저 조언들이 대체로 옳다고 생각한다. 저런 충고를 충실하게 따르면 안정되고 평안한 삶을 누릴 확률이 높아진다는 뜻이다. 그런데 모두가 성공만을 꿈꾸면 사람들의 삶은 비슷해지고 세상이 바뀔 여지는 없어진다. 다행히도 우리는 가끔 누군가 '사랑'을 감행했다는 '이야기'를 접한다. 그런 이야기는 타자들의 명령에 굴복하지 않고 이상을 추구하게끔 만들어주는 각성제가 되어준다. 나는 당신이 그 각성제를 거부하지 않기를 바란다. 물론 자신만의 목표를 추구하는 사람이 승리하리라는 보장은 없다. 다만 당신이 남들과 다르게 살아가려고 노력한다면, 설사 패배하거나 포기하는 상황이 오더라도, 당신의 '이야기'는 후대의 사람들에게 용기와 희망을 줄 것이다. 말하자면 당신은 '타자'에 휩쓸리는 노예가 아니라 다른 사람들에게 영향을 끼치는 '타자'가 될 수 있다. 『너의 췌장을 먹고 싶어』의 주인공 사쿠라는 죽음을 앞두고 뭐라도 남기고 싶어져서 친구에게 자신의 췌장을 먹어주라는 엽기적인 부탁을 했다. 그보다는 근사하고 현실적인 대안이지 않은가?

배드 엔딩이 어때서?

운명·주체성·자유·사랑의 서사론

초판 1쇄 인쇄 2025년 4월 20일
초판 1쇄 발행 2025년 4월 30일

지은이 전철희
펴낸이 김정동
편집 김승현
디자인 최진영
홍보 김혜자
마케팅 최관호

펴낸 곳 도서출판 문학마을 (공급처 서교출판사)
주소 서울시 중구 충무로 49-1 죽전빌딩 2F 201호
전화 02 3142 1471(대)
팩스 02 6499 1471
이메일 seokyobook@gmail.com
블로그 http://blog.naver.com/seokyobooks
홈페이지 http://seokyobook.com
페이스북 @seokyobooks ┃ **인스타그램** @seokyobooks
ISBN 978-89-85392-04-4 (03800)

문학마을은 독자 여러분의 투고를 기다리고 있습니다. 시, 소설, 에세이 등 관련원고가 있으신 분은
seokyobook@gmail.com으로 간략한 개요와 취지 등을 보내주세요. 출판의 길이 열립니다.